I. W. Weiberg · Und plötzlich wird es Frühling

I. W. Weiberg

Und plötzlich wird es Frühling

Roman

johannis

Die Deutsche Bibliothek – CIP-Einheitsaufnahme

Weiberg, I. W.:
Und plötzlich wird es Frühling : Roman / I. W. Weiberg. – Lahr :
Johannis, 2001
(Johannis Literatur ; 05434 : Johannis Erzählung)
ISBN 3-501-05434-3

Bestell-Nr. 05 434

Umschlaggestaltung: Sabine Maria Reister, Karlsbad
Gesamtherstellung: St.-Johannis-Druckerei, Lahr/Schwarzwald
Printed in Germany 14791/2001

1.

Marga zupfte an ihrem neuen schicken Kleid herum, bis sie sich zufrieden zu mir an den Küchentisch setzte und sich Kaffee eingoss.

»Gefällt es dir?«

»Sehr!«

Dreiundzwanzig wundervolle Jahre waren wir inzwischen verheiratet, und sie betörte mich immer noch. Ich hatte nur ein Problem – die Welt war voll von lüsternen Männern.

»Eins«, begann ich also, »verstehe ich trotzdem nicht. Wie konnte dieser Dr. Klein überhaupt so frech sein, dich zum Essen einzuladen?«

»Aber das weiß ich doch nicht!«

»Und das soll ich glauben? Was hast du ihm eigentlich geantwortet?«

»Dass es mir Leid täte, aber meine Kinder würden zu Hause warten.«

»Dass es dir Leid täte?!«, platzte ich heraus. »Wieso kannst du sagen, dass es dir Leid täte? Das muss sich für ihn ja so anhören, als ob du es bedauert hättest!«

»Fängst du schon wieder an?«

»Tut mir Leid! So naiv wie du – und dann ziehst du heute obendrein noch dein flottestes Kleid an! Du forderst ihn ja geradezu heraus!«

Ihre Kaffeetasse knallte auf den Tisch. »Hör auf, ich bitte dich! Wahrscheinlich habe ich gar nicht gesagt, dass es mir Leid täte! Mein Gott ...«

»Hoffentlich! Außerdem finde ich es komisch, dass du

die Kinder als Grund genannt hast! Weshalb hast du nicht gesagt, dass dein Mann auf dich wartet?«

»Mittags?«

»Das ist nebensächlich! Die Betonung liegt auf *Mann!*« Ich schaufelte mir mit bebender Hand meinen Rest Rühreier rein.

»Christoph, merkst du eigentlich nicht, dass du deiner Mutter immer ähnlicher wirst?«

»Ich will dir mal was sagen ...«

»Nein, jetzt hörst du mir zu! Deine fixen Ideen ...«

»Was heißt, fixe Ideen?! Und wieso kannst du mich überhaupt mit Mama vergleichen?«

»Du weisst genau, was ich meine.«

»Ich bin nicht wirr im Kopf!«

Ich stand auf, sie stand auf. Und im selben Augenblick ging – dem Himmel sei Dank – auch die Küchentür auf. Herein kam Mama im geblümten Morgenmantel. Sie musterte uns kurz.

»Kann ich dich mal sprechen, Christoph?«

Ich holte tief Luft; denn was jetzt kommen würde, war uns längst wohlvertraut.

»Was hast du auf dem Herzen, Mama?«

»Mein Geld ist weg.«

»Wahrscheinlich hast du es wieder unter dem Teppich versteckt«, sagte Marga.

Mama warf ihr einen unsicheren Blick zu. »Ich verstecke kein Geld. Das wäre ja noch schöner. Du tust ja so, als ob ich euch nicht traue!«

»Ich suche es gleich, Mama«, sagte ich seufzend, sie hatte es ja oft genug getan.

»Unter dem Teppich ist es nicht!«, trumpfte sie da auf.

»Also Mama …!«

Oben im Haus schlugen Türen. Gleich darauf waren Gelächter, Stimmen und über die Holztreppe hastig abwärts trampelnde Tritte zu hören. Hinter Oma tauchte Monis Gesicht im Rahmen der Küchentür auf.

»Frag doch mal ihre Kinder!«, forderte meine Mutter unbeirrt mit entsprechender Betonung und Blick auf Marga. Dass es auch meine waren, zählte in solchen Augenblicken nicht.

»Hallo Ma! Hallo Alter!« Das war Dirk.

»Los! Auf geht's!«, rief Nico, der offenbar schon an der Haustür stand und wartete.

»Aber euer Frühstück!«, protestierte Marga. »Papa hat Rühreier gemacht!«

»Keine Zeit! Wir frühstücken in der Mensa!«

Damit waren sie draußen. Die Chancen der neuen globalen Weltwirtschaft waren unseren Kindern leider ziemlich schnuppe. Nico studierte Philosophie, und Dirk und Moni hatten sich für Sozialpädagogik entschieden.

»Nico war gestern Abend noch in meinem Zimmer«, sinnierte Mama. »Vielleicht hat er es unter dem Teppich gefunden.«

»Mama!«, heulte ich auf. »Du sollst nicht immer die Kinder verdächtigen! Also gut, ich komme.«

Marga stellte das Geschirr zusammen. »Ach, Christoph«, sagte sie, als ich zu ihr trat. Weiter nichts, und es klang ein bisschen traurig. Ich nahm sie in die Arme, was sie sich zu meiner grenzenlosen Erleichterung ohne zu widerstreben gefallen ließ, und küsste ihre Wange.

»Ich liebe dich«, flüsterte ich ihr ins Ohr.

»Ich dich doch auch.«

»Ich werde es nie wieder tun.«

Sie sah mich an und lächelte. Wie lieb sie aussah. Und ich war ein unverbesserlicher Idiot!

»Ich bin ja hier wohl überflüssig!«, klagte Mama hinter uns. »Papa würde sich im Grab umdrehen, wenn er das wüsste.«

Mama konnte ungeheuer vorwurfsvoll klingen.

* * *

Als ich etwa zwanzig Minuten später hastig aus der Neubausiedlung in die Bundesstraße einbog, hatte sich der morgendliche Berufsverkehr schon weitgehend beruhigt. Ich mich übrigens auch, obwohl ich unter dem Teppich natürlich Omas Geld gefunden und mit ihr noch Streit gehabt hatte, weil sie steif und fest behauptete, es nicht gewesen zu sein. Meine Mutter ist achtzig und eigentlich noch gut beieinander, nur ihr Kopf macht zuweilen nicht mehr richtig mit. Vor einem Jahr war mein Vater gestorben, und als wir wenige Monate später unsere neue Doppelhaushälfte bezogen, hatte es zwischen Marga, den Kindern und mir auch nicht die kleinste Debatte darüber gegeben, Oma zu uns zu holen. Das Haus ist zwar nicht übermäßig groß, doch mit jeweils zwei Zimmern auf drei Etagen und einem ausgebauten Souterrain war es gerade so zu schaffen. Die Kinder nahmen Omas Marotten mit Humor – sie glänzten ja auch die meiste Zeit durch Abwesenheit. Dasselbe galt für mich. Wer die ganze Mühe, aber auch die Liebe – da machte ich mir gar nichts vor – wirklich aufzubringen hatte, war Marga. Umso mehr gönnte ich ihr ihre gelegentlichen Fluchtversuche in Teilzeitjobs. Trotz all der lüsternen Männer, die sich dabei zweifellos auf sie stürzten.

Ich fummelte blindlings im Kassettenkasten nach einem Band und meine Finger fanden eins, an dem ein Zettel klebte. »Extra für dich«, las ich. »Damit du weißt, was läuft. Dirk.« Ich schmunzelte. Wenn mich auch manchmal heftige Wehmut bei dem Gedanken überkam, wie schnell die Zeit verging, so hatte das Leben eines Vaters von erwachsenen Kindern doch auch seine guten Seiten. Wenigstens bekam man ganz nebenbei mit, dass die Zeit nicht bei Joni Mitchell, Toto oder Kansas stehen geblieben war.

Der Verkehr rollte heute erfreulich reibungslos, die Gewürzmädchen heizten mir ordentlich ein, und als sich noch dazu am wolkenreichen Himmel ein »Eye in the Sky« (Alan Parsons Project – auch von gestern, trotzdem gut) auftat und eine matte Wintersonne durchkam, fühlte ich mich für meinen Arbeitstag am Schreibtisch einigermaßen gewappnet. Im Büro erwartete mich nämlich Arno Schmittke, den alle nur Schmisske nannten, weil seine rechte Wange noch ein Schmiss aus alten Korpsstudentenzeiten zierte. Dieser Schmittke – er kam aus der Zentrale, wo er als Direktor das Erstausstattungsgeschäft betreute – hatte sich angesagt, um über die Probleme zu diskutieren, die wir mit einem unserer bedeutendsten Kunden, einem Autohersteller, hatten.

Unsere gemeinsame Vergangenheit im Konzern reichte

bis in unsere Werkstudentenzeit zurück. Damals hatte er mich bis aufs Blut gereizt, weil er kaum einen Satz sagte, ohne ihn mit lateinischen oder sonstwelchen Fremdwörtern anzureichern. Daraufhin setzte ich mich zu Hause hin und erfand zum Spaß völlig unsinnige, doch sehr gebildet klingende Wörter. Tags darauf – ich hatte mich in der Kantine an seinen Tisch gesetzt – brachte ich ihn mit meinen geschickt eingestreuten Sinnlosigkeiten in größte Verlegenheit. Es war eine Augenweide zu sehen, wie er – damals noch ohne Schmiss – immer unsicherer geworden war, bis ich ihn unter dem Feixen unserer Tischgenossen aufklärte. Fairerweise muss ich zugeben, dass er mir weder meinen Scherz je heimzahlte, noch unsere Duzbruderschaft beendete, selbst dann nicht, als er mich auf der Karriereleiter längst hinter sich gelassen hatte.

Im Büro ging ich zur Einstimmung nochmals den Vorgang durch. Unser Kunde – der Autohersteller – bereitete die Markteinführung eines Kleinwagens vor, der besonders den Frauen gefallen sollte. Wir waren aufgefordert worden, dafür einen speziellen Reifentyp zu entwickeln – was Arno zu dem internen Decknamen »Projekt Blümchen« inspiriert hatte. Doch obwohl unser Reifen sich in allen Tests hervorragend bewährte, wurden wir weiter mit Ausreden hingehalten.

Arno kam etwa eine Stunde später. Er hatte mal wieder in mehreren Warteschleifen gesteckt, und da wir zum Mittagessen beim Kunden verabredet waren, bat er mich, ohne Umschweife »in medias res« zu gehen. Logisch. Wohin denn sonst?

Ich berichtete ihm also von meinen Gesprächen mit allen zuständigen Leuten, bis hin zum Leiter der Versuchsstrecke.

»Arno, mal ehrlich, es liegt nicht an unseren Ingenieuren. Am Reifen stimmt inzwischen alles – Profil, Abrieb, Haftung. Vielleicht sind wir immer noch ein bisschen zu teuer, vielleicht steckt was ganz anderes dahinter.«

»Du hast doch nicht etwa schon klein beigegeben? Die hatten doch ausdrücklich auf einem Ganzjahresprofil bestanden! Das kommt davon, wenn wir sie nicht richtig beraten.«

»Da fühle ich mich nun aber überhaupt nicht angesprochen!«

»Mein lieber Christoph – gutta cavat lapidem, kann ich da nur sagen.«

»Kastro oleander!«, sagte ich ohne zu zögern.

Arno lächelte nur milde und stand auf. »Also fahren wir. Wenn es hart auf hart kommt, hetzen wir unsere Ingenieure aufeinander los. So einfach, wie die sich das vorstellen, ist es mit Arno Schmittke nicht zu machen!«

Frau Schrader brachte Hüte und Mäntel, und weil er noch schnell im Reifenlager vorbeischauen wollte, hatte ich Zeit, einen Blick in mein für solche Fälle stets parates Fremdwörterlexikon zu werfen. »Steter Tropfen höhlt den Stein«, las ich. Na ja, lateinisch klang es bedeutsamer.

2.

Auf dem Parkgelände der Bank war nur noch in der hintersten Ecke Platz – der war eng und voll dicker Eisbrocken.

»Werd nicht nervös, Marga!«, redete ich mir beim dritten Parkversuch beruhigend zu. »Nur keine neue Beule in den Käfer rammen!«

Christoph behauptete ja, dass in Frankfurt ein Job mit Parkmöglichkeit wie ein Treffer im Lotto sei. Ich empfand es als noch größeren Treffer im Lotto, dass mich die Agentur für Zeitarbeit diesmal als Fremdsprachensekretärin vermittelt hatte. Das war neu, denn bei meinen gelegentlichen Ausflügen ins Büroleben hatte ich die dümmsten Arbeiten machen müssen – Formulare ausfüllen, Dokumente abheften, Kopien machen, Kaffee kochen …

Seit ein paar Wochen überlegte ich, mir einen dauerhaften Job zu suchen, mit mehr Verantwortung und mehr Herausforderung. Oder sollten Haus und Garten der Sinn meines weiteren Lebens sein? Nach so vielen Jahren hatte ich endlich wieder Zeit für anderes als nur Haus und Familie. Die Kinder waren erwachsen, Christoph ständig unterwegs und meine Schwiegermutter – o weh! Mit einer ausreichenden Portion Büroluft würde ich bestimmt mehr Geduld mit ihr haben und nicht jedes ihrer Worte auf die Goldwaage legen. Und doch war die Antwort gar nicht so einfach. Ich war mir nicht klar über das Ausmaß meines verbliebenen Ehrgeizes. Wie viel hatte ich noch davon? Und sollte ich ihn einzig und allein einem Job opfern? Schließlich gab es ja auch noch andere Dinge im Leben …

Leider hatte ich keine Diplome vorzuweisen, nur ein paar Semester am Dolmetscherinstitut der Uni Heidelberg. Überset-

zerin für Französisch und Englisch wollte ich damals werden, hatte aber alles hingeschmissen, weil die meisten Mädchen nach langer Ausbildung ohnehin nur als Sekretärinnen in Büros landeten. Vor allem aber war ich Christoph begegnet – das hatte meinem beruflichen Werdegang ein abruptes Ende gesetzt.

Ich war spät dran, wie ich gleich an Frau Ahlbergs vorwurfsvoller Miene erkannte. Sie war die Sekretärin des Finanzvorstands. In den zehn Tagen, die ich in diesem gepflegten Büro verbracht hatte, war ihr Gesichtsausdruck fast immer gleich gewesen – unfreundlich. Aber daran hatte ich mich gewöhnt. Außerdem war der Job für mich ohnehin in zwei Tagen zu Ende.

»Der Chef will Sie sprechen. Er wartet schon auf Sie.«

Dr. Klein stand – ganz gegen seine Gewohnheit – hinter seinem Schreibtisch auf und geleitete mich fast feierlich zur Besucherecke.

»Frau Koch«, begann er und goss mir höchstpersönlich Kaffee dabei ein. »Wie Sie vielleicht schon bemerkt haben, bin ich sehr zufrieden mit Ihnen ... sehr zufrieden.«

Das hörte ich natürlich gern, auch wenn ich mir keiner großen Leistungen bewusst war. Ganz im Gegenteil war es recht mühsam, meine Mängel vor Frau Ahlberg zu verbergen. Offenbar war es mir aber ganz gut gelungen.

Er sah mich bedeutsam an. Vor ein paar Tagen hatte er schon einen ähnlichen Anfang gemacht, aber da war er von einem wichtigen Telefongespräch unterbrochen worden.

»Liebe Frau Koch, was halten Sie davon, wenn Sie ganz zu mir kommen?«

»Sie meinen ...« Ich nahm einen Schluck aus der Kaffeetasse.

»Genau das!« Er rutschte mit seinem Sessel ein Stück näher. »Haben Sie schon einmal über Ihre weitere Lebensplanung nachgedacht? Die Kinder studieren, Ihr Mann ist selten zu Hause, weshalb wollen Sie zu Hause herumsitzen und Däumchen drehen?«

Mir kam Oma in den Sinn. Und die Wäscheberge, die häusliche Hektik nach meinen gelegentlichen Teilzeitjobs, die Kocherei, die Nörgelei – aber auch die langen, langen grauen Wintermonate, wenn einem die Decke auf den Kopf fiel …

»Hören Sie, Marga, ich mache Ihnen ein Angebot. Vier Arbeitstage pro Woche … Natürlich dreizehntes Monatsgehalt und Urlaubsgeld … Sie entlasten Frau Ahlberg, indem Sie ganz allein für mich zuständig wären. Könnten Sie sich das vorstellen? Eine Frau wie Sie braucht doch auch Anerkennung!«

Anerkennung! Was wohl Christoph dazu sagen würde? Und die Kinder? Ich schluckte schwer. »An vier Tagen?«, fragte ich noch mal nach, um Zeit zu gewinnen.

»Ja sicher. Sie sehen, ich komme Ihnen entgegen. Kein leichter Verzicht, das dürfen Sie mir glauben.« Er stand lächelnd auf, ging an meinem Sessel vorbei und berührte mich an der Schulter mit einer leichten Streichelbewegung. Mir stellten sich alle Nackenhaare auf. Mein neues Kleid! Wenn das Christoph wüsste!

»Liebe gnädige Frau«, sagte er vom Schreibtisch her. »Wie können Sie da zögern? Ein solches Angebot bekommen Sie gewiss nicht alle Tage.«

Gott sei Dank nicht, schoss es mir durch den Kopf. Aber es war ja nicht nur dieser schleimige Blick, mit dem er mich abtastete. Männern wie ihm war ich in meinen Jobs schon vorher begegnet, damit würde ich leicht fertig werden. Nein, es war etwas ganz anderes, das mir plötzlich zu denken gab – meine Freiheit! Wollte ich die wirklich aufgeben?

Und dann der Frühling und der Sommer in unserem Garten! Ich stellte mir die leuchtende Blütenpracht vor und beschloss, gleich nachher auf dem Rückweg noch ein paar neue Samentütchen zu kaufen. Ich hatte ja schon eine ganze Sammlung davon. Sie alle warteten darauf, sich in unserem bisher noch unterentwickelten Garten zu entfalten. Auf den Fensterbänken überall im Haus keimten schon Petunien und Tomatenpflanzen. Mir schien, als riefen sie alle nach mir! Ich konnte es kaum abwarten, wieder nach Haus zu kommen. Ich holte tief Luft.

»Herr Dr. Klein, Ihr Angebot hat mich vollkommen überrascht. Ich danke Ihnen, doch es geht nicht.«

»Es geht nicht?«

Seine Miene erinnerte mich an unseren ehemaligen Kater Mitsos, wenn wir ihm einen Vogel abjagten, den er schon im Maul hatte. Ich stand auf. »Nein, wirklich nicht! Aber nochmals vielen Dank für Ihr Vertrauen.«

»Wie Sie meinen«, sagte er säuerlich. »Ich hoffe, Sie wissen, was Sie da ausschlagen.«

Eins war klar – von dieser Unterhaltung durfte ich Christoph nichts erzählen, dachte ich, als ich auf dem tiefen Teppich erleichtert, doch souverän zum rettenden Ausgang schritt. Noch zwei Tage, dann war ich wieder frei!

Sechs hektische Stunden später traf ich fast gleichzeitig mit den Kindern wieder zu Hause ein.. Ein paar Vorlesungen wären ausgefallen, erzählte Nico, und weil Dirk keine Lust hatte, stundenlang nur wegen eines einzigen späten Vortrags in der Uni rumzuhängen, sei auch er mitgekommen. Nur Moni schien schlechter Laune zu sein, weil sie durch die frühe Heim-

fahrt den Nachmittag nicht mit ihrer Freundin Annette in Frankfurt verbringen konnte.

Ja, diese Fahrerei! Es war nicht zu leugnen, dass es für uns alle ein bißchen schwieriger geworden war, seitdem wir in unsere Doppelhaushälfte gezogen waren. Mit Bus oder Bahn nach Frankfurt zu kommen, war sehr umständlich. Der uralte VW-Bus, mit dem die Kinder zur Uni fuhren, konnte jeden Tag seinen Geist aufgeben. Ihn am Leben zu halten war eine ständige Herausforderung an die Bastelkünste unserer Söhne. Die Kinder wären sowieso viel lieber in eine Eigentumswohnung in der Stadt gezogen, aber für Christoph und mich war das nicht in Frage gekommen. Unser ganzes Leben lang hatten wir eingekeilt gelebt, über uns, unter uns, neben uns – überall Menschen. Wir hatten uns nach Ruhe, Natur und ein bisschen Einsamkeit gesehnt. Hier draußen besaßen wir endlich eigenen Grund und Boden – auch wenn es nur vierhundert Quadratmeter waren. Mit der Ruhe haperte es allerdings noch ein wenig. Tagsüber waren in unserem Neubauviertel Bulldozer und Laster unterwegs und verteilten Kies- und Sandberge auf die wenigen noch freien Plätze. Manchmal konnte man kaum den Weg zum Auto finden.

»Was gibt's denn heute zu essen?«, wollte Moni wissen.

»Überbackene Nudeln mit Schinken und Käse – und Salat.«

»Schinken … iii.«

»Was ist los mit Schinken? Der hat dir doch bisher immer geschmeckt.«

»Ich will nicht so viel vom toten Tier essen, auch nicht, wenn es BSE-frei ist!«

»Na, vom lebendigen geht es ja wohl nicht.« Ich musste lachen. »Obwohl – in einem Buch habe ich gelesen, dass man-

che Stämme in Afrika zu Livingstones Zeit Fleischstücke aus lebenden Tieren …«

»Mama!« Moni sah mich empört an. »Du bist unmöglich. Ich meine das ganz ernst. Annette sagt, dass es unmoralisch ist, Tiere zu töten und zu essen.«

»Na ja, wir töten ja keine Tiere.«

»Umso schlimmer, dass es andere für uns tun«, belehrte mich meine Tochter. »Gerade Schweinefleisch ist ausgesprochen ungesund, sagt Annette!«

»So! Sagt sie das? Aber auch wenn wir keine Tiere essen, müssen sie eines Tages ja doch sterben …«

»Aber eines natürlichen Todes. Und außerdem sind Schweine sehr sensible Tiere. Wir sollten lieber stattdessen Tofu essen. Das ist pflanzlich und bestes Protein! Wenn ich bei Annette bin, macht sie die leckersten Sachen mit Tofu.«

Monis Begeisterung war mir unheimlich. Ich hatte immer geglaubt, meine Familie gesund zu ernähren, aber gegen Annettes Müsli-Mentalität konnte ich nicht antreten. Wer war diese Annette überhaupt? Wir wussten nur, dass sie wie Moni und Dirk Sozialpädagogik studierte und seit Wochen das große Vorbild unserer Tochter war. Auf ihren Namen reagierte ich inzwischen allergisch.

Bevor ich etwas Beleidigendes sagen konnte, klingelte das Telefon und Flipper fing aufgeregt an zu kläffen. Moni lief aus der Küche, mit dem Hörer in der Hand rief sie nach oben: »Nico, das ist für dich!«

Flipper beruhigte sich, rannte aber zur Haustür und kratzte beharrlich. Unsere wunderschöne Eichenholztür hatte schon tiefe Spuren erlitten.

»Ach du armer Kerl musst bestimmt raus. Moni, kannst du ihn mal …«

»Oma war doch mit ihm draußen! Ich hab noch so viel für die Uni zu machen. Kann nicht mal jemand anders mit ihm gehen?«

Nico lief an mir vorbei und sagte: »Ich muss schnell weg. Die Antje hängt mit 'ner Panne fest und ist ganz fertig mit den Nerven. Wahrscheinlich ist der Keilriemen kaputt. Ich fahr hin ... Übrigens, wartet nicht mit dem Essen auf mich. Ich komme erst spät zurück.«

Ich öffnete das Fenster, um Dirk zu rufen, aber der stand völlig verdreckt vor der Garageneinfahrt mitten zwischen Motorradteilen. Der Anblick zerrte an meinen Nerven. »Was machst du da eigentlich, Dirk?«, schrie ich. »Kannst du denn nicht mal mit Flipper rausgehen?«

Er grinste mich an und zuckte mit den Schultern. »Ach Maaam, geht jetzt nicht. Ich will den alten Bock wieder flottmachen.«

»Warum?«

»Weil das mit der Fahrerei zu dritt nicht klappt. Der eine muss früh zur Uni, der andere spät. Dies Semester ist so blöd. Unsere Vorlesungen liegen zu weit auseinander.«

Zähneknirschend nahm ich die Leine vom Haken und dirigierte unseren Hund um einen Backsteinberg herum in Richtung freies Feld. Die frische Luft tat mir gut und ließ meinen Ärger verfliegen. Die dicke Wolkenwand war aufgerissen, die Sonne brachte sogar schon eine Spur Wärme. Fast lag schon eine erste Ahnung von Frühling in der Luft trotz der dreckigen Schneehügel. Warum ärgerte ich mich überhaupt? Eigentlich war unser Leben doch wunderschön! Christoph und ich führten eine glückliche Ehe, mit unseren Kindern gab es keine wirklichen Probleme. Für Moni konnte ich ja künftig statt des Schinkens ein paar geschmacklose Tofuwürfel unter die Nudeln mischen, wenn ihr das besser gefiel. Beschwingt kehrten Flipper und ich in unser Haus zurück.

Ein eigenartiger Geruch empfing mich. Ich ging ihm nach und landete vor dem Backofen in der Küche. Irgendetwas schmorte darin vor sich hin.

»Halt Maaam!«, schrie Dirk. »Mach bloß nicht den Ofen aus! Da sind Kolben drin, die müssen warm werden.«

Ich nickte. Na gut, dann halt nichts Überbackenes.

»Ach übrigens, ich treff mich heute Abend mit Susi und Mark, die sind gerade aus Norwegen zurückgekommen.«

»In Ordnung«, sagte ich und beschloss, erst mal in die Badewanne zu steigen, bevor ich für den Rest der Familie irgendetwas Essbares brutzelte. Doch in der Badewanne lag ein halber Motor!

»Ach Maaam, morgen früh bau ich alles wieder zusammen«, tröstete mich Dirk, als ich bei dem Anblick wütend aufschrie.

»O, Christoph, komm schnell nach Haus und hilf mir!«, seufzte ich. »Ich brauche jetzt deine starke Schulter zum Anlehnen.«

3.

Endlich Samstag! Die Woche im Büro war hart gewesen, auch ohne die zusätzliche Arbeit, die Schmisske mir aufgehalst hatte. Und gestern dann noch die »Drohlegation« aus der Zentrale. Wir würden nicht genügend Reklamationen zurückweisen. Wir seien zu nachgiebig gegenüber Reifenhändlern. Weshalb wir sie nicht besser schulten und so weiter! Als ich schließlich gegen neun müde aus dem Auto kroch, dröhnte aus unserem Partykeller (sechzehn Quadratmeter) Musik durchs ganze Haus – Dirk und Nico planten mit Freunden ihre Sommertour nach Griechenland. Und Marga war auch nicht zu Hause! Wahrscheinlich bei den Nachbarn, hatte meine Mutter gegrollt. Unten sei es mal wieder nicht auszuhalten bei dem Lärm.

»Wieso hörst du immer dann wie ein Luchs, wenn die Kinder mal ein bisschen laut sind?« Manchmal musste ich es ihr einfach heimzahlen.

»Was sagst du? Wenn du so nuschelst, verstehe ich kein Wort«, wies sie mich zurecht.

»Schon gut, Oma. Hat Marga gesagt, wann sie zurückkommt?«

»Mir sagt hier doch keiner was! Aber ich habe ja den Fernseher! Der liebe Gott sieht alles.«

Ich hatte sie fragen wollen, ob der liebe Gott neuerdings bei ihr im Fernsehen auftritt, doch ich verstand sie ja. Es war bestimmt kein Honiglecken, im Alter irgendwo unterschlüpfen zu müssen. So ein langes Leben zu zweit – plötzlich dahin, plötzlich allein. Ich würde ohne

Marga auch keinen einzigen Tag mehr auf der Welt sein wollen.

Kurz darauf hatte ich an unserer Pinnwand Monis Nachricht entdeckt: Sie verbrachte die Nacht bei Annette, ihrer besten Freundin. Und dann waren die Jungs gegangen, inklusive Nico und Dirk, um bis zwei oder drei unsere Vorstadtdisco unsicher zu machen. Da war ich schlagartig hellwach geworden. Moni weg, Nico weg, Dirk weg – wir hatten tatsächlich eine sturmfreie Bude! Bis auf Oma natürlich, doch die lag inzwischen auch schon im Bett.

Wie gesagt, das war gestern gewesen und jetzt war Samstagmorgen. Ich reckte und streckte mich, und als ich mich umwandte und mein Blick die noch schlafende Gefährtin meiner dreiundzwanzig Ehejahre umfasste, die immer noch so schön, so zärtlich und so wunderbar war, da fühlte ich mich, als könnte ich reihenweise Bäume ausreißen – oder doch wenigstens mal wieder auf den Trimmpfad gehen.

Zehn Minuten später radelte ich schon im kalten Januarwind Richtung Waldrand, wo sich gleich neben der Hühnerfarm samstags um zehn eine gemischte Gruppe älterer Jahrgänge zum kreislaufschonenden Trimmtrab traf. Die Fitten und Schönen des Dorfes joggten zwar schon eine Stunde früher los, doch für den längeren Schlaf hatte ich die Imageabstufung gern in Kauf genommen. Zumal ich sogar noch um zehn regelmäßig als Letzter ankam.

»Mal wieder spät in die Federn gekommen, gell«, tadelte mich unser Trimmtreff-Leiter Adi.

»Im Gegenteil!« Ich schob mein Fahrrad in den Hühnerhof und eilte zurück zur Gruppe. Kaum einer von uns war unter fünfundvierzig, unser Laufwunder Karl Fuchs angeblich schon zweiundsiebzig. Adi gab sofort das Signal zum Aufbruch.

»Ja, willst du denn nicht auf Wolfgang warten?«, rief Emmy Trappe, als wir gerade antrabten.

»Der kommt heute nicht!«

»Aber der kommt doch immer!«

»Heute nicht!«

Wir hatten die ersten dreißig, vierzig Meter kaum hinter uns, da hob Adi vorn die Hand, und der Pulk hinter ihm geriet ins Stocken. Adi hob immer die Hand, wenn er uns Kommandos gab, sei es für Tempo- oder Richtungswechsel oder auch zum »Alles Halt!« Er war nämlich bei der Reiterstaffel der Frankfurter Polizei gewesen, bis er vor zwei Jahren aus gesundheitlichen Gründen hier bei uns Dienststellenleiter wurde. Wir rückten gehorsam auf.

»Also hört zu«, begann er. »Ich wollte es euch erst nicht sagen. Aber wir sind eine Gruppe, wir kennen uns, und bevor irgendwie hintenrum getratscht wird, ist es wahrscheinlich besser, ihr erfahrt es von mir. Wolfgangs Sohn hat letzte Nacht versucht, sich das Leben zu nehmen. Die Kollegen in Frankfurt waren dabei, den Park durchzukämmen, und da muss er wohl einen Kurzschluss gehabt haben. Sie konnten ihn retten, er ist schon über den Berg.«

Ich war wie vor den Kopf geschlagen. »Weißt du es von Wolfgang?«

»Ja, er hat mich heute früh aus dem Bett geholt. Seine Exfrau hatte die Nachricht auf Band gesprochen, aber vergessen, das Krankenhaus zu nennen. Als er zurückrief, meldete sich keiner, da bat er mich, über die Polizei zu helfen.«

»Und wo liegt Meik?«

»In der Uni-Klinik.«

Betretenes Schweigen, sichtlich erschüttert die Frauen, die Männer ratlos, achselzuckend, einige aber auch mit diesen gewissen So-was-kommt-von-so-was-Blicken. Wolfgangs alkoholische Ausrutscher waren ja allgemein bekannt.

»Die haben alle noch zu viel Geld«, brummte Karl Fuchs.

»Nun lass mal, Karl«, ermahnte Adi. »So einfach ist das nicht.«

»Es sind die Scheidungen«, fuhr Gertrud Habermann unseren Senior an. »Nicht die Kinder, die Väter haben Schuld! Ich weiß, wovon ich spreche!«

»Hört, hört!«, rief Kurt Mahler dazwischen. Alle wussten, dass seine Frau ihn gerade mit zwei Halbwüchsigen sitzen lassen hatte.

»Quatschen könnt ihr nachher noch, jetzt wird gelaufen!«, entschied Adi. Er wandte sich um, hob den Arm und gab mit vorwärts weisender Hand das Signal.

»Im Te-rab!«, murmelte Alfons, mein Nebenmann, doch ich blieb stehen. Mir war die Lust vergangen. Ich wollte nach Hause, zurück in meine heile Welt und mit Marga, Oma und den Kindern frühstücken. Uns war so etwas erspart worden. Uns war überhaupt so vieles erspart worden, was andere Familien durchmachen mussten.

Als ich wieder auf dem Fahrrad saß, fiel mir ein, dass ich mindestens seit einer Woche nichts von Wolfgang Märtens gehört hatte. Es war keine dicke Freundschaft, die uns verband, aber hin und wieder kam er auf einen Kaffee zu uns oder ich fuhr mal kurz bei ihm vorbei. Anfangs hatte ich mich etwas verwundert gefragt, was ein Mann wie Wolfgang an mir wohl interessant finden könnte. Ich konnte zwar die versteckte Ursache eines geplatzten Reifens bestimmen oder die Reifengrößen aller in der E.U. zugelassenen Fahrzeugtypen auswendig aufsagen, doch was war das gegen das ungebundene Leben eines Musikers, dessen Tag abends nach zehn anfing, wenn ich schon vor dem »heute-journal« einschlief.

Trotzdem war er ein armer Teufel, auch wenn er als Komponist von Werbespots offenbar das große Geld machte. Sein Problem hieß Alkohol, woran schon seine Ehe kaputt gegangen war. Und das andere hieß Meik, sein zwanzig Jahre alter Sohn, der dem Vater in einer Hinsicht leider zu ähnlich geworden war, nur dass er seine Sucht mit anderen Drogen befriedigte.

Ich war so in Gedanken, dass ich fürchterlich erschrak, als kurz vor unserem Haus plötzlich laut kläffend ein kleines schwarzes Etwas auf mich zuschoss.

»Flipper! Bist du schon wieder der Oma ausgerissen?«

Er stellte sich auf den Hinterbeinen am Fahrrad hoch und strahlte mich hechelnd an. Im selben Augenblick kam auch schon die Oma um die Ecke gelaufen.

»Dieses Luder! Ich rufe und rufe, aber meinst du, er hört auf mich?«

»Er hört nicht? Das kann nicht sein!«

Sie war ganz außer Atem. »Das hat man nun von

seiner Gutherzigkeit. Aber jetzt ist Schluss! Das war das letzte Mal. Sollen doch die Kinder mit ihm weggehen. Aber Moni … Na ja, ich will lieber den Mund halten.«

Meine heile Welt! Ich würde sie für nichts eintauschen, nicht mal für eine Million.

* * *

Ich musste unbedingt Wolfgang anrufen. Schon seit dem Mittag war mir klar, dass ich es tun musste. Doch wenn mich etwas hilflos macht, dann sind es Probleme, zu deren Lösung mir absolut nichts einfällt. Wie tritt man einem Vater gegenüber, dem das Schlimmste so eben noch erspart worden war? Was sagt man dem? »Nichts«, drängte mich Marga schließlich zum Telefon. »Zeig ihm einfach, dass du für ihn da bist. Du darfst dich nicht länger davor drücken. Hier – sei kein Feigling.« Sie hielt mir den Hörer hin und tippte selbst die Nummer ein.

Er meldete sich sofort, als hätte er direkt neben dem Telefon gesessen und gewartet. Als er meine Stimme hörte, dachte er wohl, es sei jemand aus der Uni-Klinik, denn er fiel mir gleich ins Wort: »Schläft Meik noch?«

»Wolfgang, ich bin's, Christoph.«

»Christoph! Alter Junge, du kommst mir gerade in die Quere! Sei so gut und häng auf. Ich …«

»Ja, ja, ja! Klar. Wann kann ich …?«

»Ich melde mich, okay?«

»Okay.« Ich legte auf.

»Was war los?«, fragte Marga.

»Er erwartet einen Anruf aus dem Krankenhaus.«

»Und wie klang er?«

»Ganz gut. Irgendwie aufgekratzt.«

»Vielleicht war er betrunken.«

»Glaub ich nicht. Er fragte, ob Meik noch schläft, bevor ich – na, das hast du ja mitgekriegt.«

»Dann ist er wohl überm Berg. O Gott, was bin ich froh. Wie entsetzlich ...«

Ich nahm sie in die Arme, und sie schmiegte sich kurz an mich. »Wir haben eben Glück gehabt«, sagte ich.

»Und die anderen? Hatten die einfach Pech?«

»So wird's wohl sein.«

»Aber ist das nicht ungerecht?«

»Ach, Mädchen, was soll das Grübeln. Seien wir doch einfach dankbar.«

»Gegenüber wem?«

»Das musst du Nico fragen, der ist der Philosoph in unserer Familie. Ich bin nur für die Bereifung zuständig. Wo ist eigentlich Oma?«

»Beim Altennachmittag.«

»Soll das heißen, dass wir etwa schon wieder eine sturmfreie Bude haben?«

Marga stand inzwischen an der Kaffeemaschine. Ich hob die Arme und stapfte mit ausgestreckten Händen und gefletschten Zähnen wie Frankensteins Ungeheuer auf sie zu. »Ich Tarzan – du Jane.«

»Und Dirk bastelt in der Garage am Motorrad«, meinte sie schlicht.

»Du schwindelst!«

»Pfoten weg!«, lachte sie. »Soll ich ihn rufen?«

Es blieb ungeklärt, ob sie geschwindelt hatte, denn jemand setzte unsere Klingelanlage in Gang – Big-Ben-

Geläute, Nicos Herzenswunsch, weil er das so herrlich spießig fand.

»Habt ihr ein bisschen Zeit?«, fragte Wolfgang.

»Ja, sicher doch. Komm rein!« Ich ließ ihn an mir vorbei und rief nach hinten: »Marga, mach mehr Kaffee! Wolfgang ist da!«

Seine Augen leuchteten auf, als sie ihn umarmte. Sie leuchteten übrigens immer auf, wenn er Marga gegenüberstand – ein Phänomen, das mich, seit ich es zum ersten Mal beobachtet hatte, stets mit erhöhter Wachsamkeit erfüllte.

»Wie geht's Meik?«, fragte sie, als wir uns in der Couchecke niederließen.

»Ach, ihr könnt euch gar nicht vorstellen, wie erleichtert ich bin! Der Junge hat eine Bärennatur, und was für eine! In drei, vier Tagen ist er draußen, sagt der Professor.«

»Das ist ja wunderbar! Ich kann mir vorstellen, wie froh Sie sind.«

»Ja und? Was war's? Was hat er gemacht?«, fragte ich.

Wolfgang breitete die Arme aus. »Er wollte in den Himmel!«

»Er wollte – was?«

»Das war der erste Satz, den er heute Morgen von sich gab, als er mal kurz durchkam. Bin ich jetzt im Himmel? sagte er und sah mich an. Das heißt, es sah so aus, als ob er mich ansah, gesehen hat er mich wohl nicht.«

»Wie alt ist Meik denn?«, fragte Marga.

»Knapp zwanzig. Wenn ich daran denke, was ich in dem Alter angestellt habe ... Damals war ich mit meiner eigenen Band unterwegs. Die Rodgau Monotones und wir – die Hesse komme! Und jeden Abend floss der Stoff. Sag mal, Christoph, wie wär's mit so'nem Kleinen, ich meine, falls du hast.« Er gab mir mittels Daumen und Zeigefinger die Menge vor und breitete nochmals tief durchatmend die Arme aus. »Kinder, was bin ich froh!«

Während ich an der Hausbar nach Gläsern kramte, hörte ich ihn sagen: »Mit einer Frau wie Ihnen wäre mir das nicht passiert!«

Das Timbre in seiner Stimme gefiel mir überhaupt nicht. Wie konnte dieser Mann in seiner Situation und auf meinem Sessel so unverhüllt meine Frau anmachen?

»Wir haben nur Ouzo im Haus«, log ich zur Strafe und sah gleichzeitig erleichtert, dass Marga das Kompliment und meine Auskunft nur mit einem vorsichtigen Lächeln beantwortete.

»Macht nichts«, sagte Wolfgang. »Früher hab ich von dem Zeug manchmal gelebt. Aber das ist vorbei. Mal gelegentlich ein Schlückchen, mehr ist nicht drin.«

Ich füllte drei Gläser mit drei Schlückchen und setzte mich wieder. »Na dann – auf Meik!«

Wolfgang bedankte sich, wir tranken, und dann sagte er: »Wisst ihr, ich habe ein großes Problem. Wenn Meik in ein paar Tagen herauskommt, ist niemand da, der sich um ihn kümmern kann. Er wohnt ja allein; mit seiner Mutter kommt er nicht zurecht – da geht er auf keinen Fall hin. Und ich, ich muss wahrscheinlich bis Mitte Februar ins Tonstudio nach Berlin. Ich kann es einfach nicht absagen, es hängt ein ganzer Rattenschwanz von Terminen dran. Wenn ich bei der Einspielung nicht dabei bin – außerdem, ich habe diesmal sogar am Drehbuch mitgeschrieben. Mein erstes Fernsehfeature. Was soll ich machen?«

»Hm.« Mehr zu sagen, fiel mir schwer, obwohl ich schon eine Ahnung hatte, was ihm vorschwebte. Aber einen Jungen wie Meik im Haus, darüber wollte ich gar nicht erst nachdenken.

»Sie wollten uns vorhin noch sagen, womit Ihr Sohn sich ... Es war doch ein Selbstmordversuch?«, fragte Marga.

»Ja, es war einer. Er hatte sich eine Überdosis gespritzt, als die Polizei den Park umstellte. Gott sei Dank war sie nicht hoch genug. Jetzt hat er eine Chance, verstehen Sie. Deshalb brauche ich auch Ihre Hilfe. Er muss für zwei oder drei Wochen ein Zuhause haben. Deshalb bin ich hier.«

»Wolfgang – hör mal. Also, ich weiß ja nicht ... So einfach ist das nicht«, schaltete ich mich da ein. »Unser Haus ist ziemlich voll ... Aber das meine ich eigentlich gar nicht. Was ich meine, ist, ich hab ein bisschen Angst, um ganz ehrlich zu sein.«

»Wegen eurer Kinder? Das braucht ihr nicht. Wenn Meik rauskommt, ist er clean. Ich kann es einrichten, dass sie ihm genügend Methadon mitgeben, und wenn ich zurück bin, sorge ich dafür, dass er weitermacht, aber dann seid ihr ihn sowieso schon wieder los.«

»Ausser Oma ist den halben oder ganzen Tag über das Haus leer. Wer weiß, ob er damit klarkommt? Ich meine, er wird psychisch doch noch ziemlich labil sein. Lädst du uns da nicht ein bisschen zu viel Verantwortung auf?«

Jetzt schien er unsicher zu werden. Mechanisch hob

er sein leeres Glas an die Lippen, kippte den Kopf nach hinten und ließ sich die letzten Tropfen auf die Zunge rinnen.

»Noch ein Schlückchen?«, bot ich an.

»Nein, nein, schon gut.«

Einen Augenblick herrschte Schweigen in unserer Runde, und als ich schon hoffte, dass die Angelegenheit damit – und zwar zu Recht! – erledigt wäre, sagte Marga: »Das stimmt nicht, Christoph. Ich meine, dass nur Oma im Haus ist. Ich habe doch im Augenblick gar keinen Job.«

»Sie meinen, Sie würden es tun, Marga?«

»Wenn wir Meik damit helfen können, selbstverständlich.«

»Christoph«, sagte Wolfgang, während er aufsprang, nach Margas Händen griff und sie gefühlvoll drückte. »Du ahnst nicht, wie ich dich um deine Frau beneide!«

So viel zum Thema »fixe Ideen«.

4.

Seit zehn Tagen wohnte Meik jetzt schon bei uns. Es war eine ziemliche Umstellung für uns alle, einen Fremden im Haus zu haben, von dem wir wussten, dass er voller Probleme war.

»Mach dir keine Sorgen, Marga«, hatte Christoph gemeint, als er sah, wie unsicher ich mich Meik gegenüber verhielt. Ich sorgte mich trotzdem: Hoffentlich tut er sich nichts an, hoffentlich nimmt er keine Drogen, hoffentlich verführt er unsere Kinder nicht dazu, welche zu nehmen, hoffentlich, hoffentlich …

In den ersten beiden Nächten hatte ich kaum einschlafen können und angestrengt gehorcht, ob es im Haus irgendwelche seltsamen Geräusche gab. Meine Fantasie hatte Purzelbäume geschlagen und mir die schlimmsten Bilder vorgegaukelt. Aber inzwischen war ich ganz gelassen, denn Meik schien kein gefährliches Monster zu sein, sondern ein scheuer junger Mann, sehr sensibel, sehr verschlossen. Seltsamerweise fasste er als Erstes zu Oma Vertrauen. Wir hatten ihn gleich neben Omas kleinem Reich im einzigen unbenutzten, nur mit einem alten Klavier und Sofa möblierten Raum, unserem sogenannten Partykeller, untergebracht. Oma wusste nichts von seinen Problemen und führte im Souterrain ein strenges Regiment. Sie jagte ihn schon am ersten Morgen früh aus den Federn, weil sie Langschläfer nicht ausstehen konnte, kritisierte seine unordentlichen Haare und beschwerte sich, dass er zu leise antwortete. Ich hielt die Luft an, aber offenbar war Omas derber Ton ein wohltuender Kontrast zu unserem übervorsichtigen Verhalten. Ich hörte die beiden oft miteinander reden und manchmal sogar lachen. Meiks Lachen klang schüchtern und endete abrupt, als würde es ihn selbst erschrecken.

Nico und Dirk bemühten sich sehr um unseren jungen Gast. Der Kontakt war hergestellt, als sie ihn aufforderten, beim Motorrad zu helfen, das noch immer nicht richtig funktionierte. Ich glaube, Meik war sehr froh darüber, denn damit hatte er wenigstens eine Beschäftigung. Die Tage waren lang für ihn, er arbeitete nicht, kam morgens nur schwer auf die Beine und schien oft wie im Tran zu sein. Christoph versicherte mir, dass das wohl an dem Ersatzmittel lag, das er einnehmen musste, um langsam von den Drogen entwöhnt zu werden.

Der wirkliche Durchbruch kam, als Meik eines abends unten in seinem Zimmer Gitarre spielte. Manches hörte sich an, wie ich mir modernen Jazz vorstellte, anderes erinnerte mich an die exotisch verzerrten Klänge orientalischer Musik. Meik hatte zweifellos das Talent seines Vaters geerbt; denn als er irgendwann auch noch in die Tasten unseres Klaviers griff und ein paar alte Filmmusiken gewissermaßen mit links herunterspielte, da staunten wir wirklich. Unsere Jungs waren begeistert. Danach hatten sie ein nie endendes Thema und hörten viele Stunden lang Musik auf Nicos neuer Anlage, die er sich durch Jobben zusammengespart hatte.

Glücklicherweise hatte ich zur Zeit keine Arbeit und konnte mich ganz als Hausfrau und Gärtnerin entfalten – besonders als Gärtnerin. Die winzigen Pflänzchen aus den Samenkästen setzte ich sorgsam in einzelne Töpfchen um und träumte von üppig blühenden Petunien und eigener Tomatenernte. Obwohl fast alle geeigneten Plätze für Pflanzen im Haus schon belegt waren, kaufte ich im Supermarkt jedesmal noch zwei, drei weitere Primeln hinzu. Die gab es für wenig Geld und sie brachten den Frühling ins Haus lange bevor er ins Land kam.

Oma nahm mir viele Handgriffe im Haushalt ab. Sie räum-

te das Geschirr nach den Mahlzeiten weg, wischte die Küche sauber und schnauzte die Kinder an, wenn sie ihre Sachen überall herumliegen ließen – Meik eingeschlossen. Ich glaube, sie fühlte sich besser als je zuvor.

Nur Moni hielt sich aus allem raus. Sie benahm sich ekelhaft, nahm an nichts Anteil, weder an Meik und seinem Schicksal, noch an irgendeinem von uns.

»Du könntest dich bemühen, mit unserem Gast ein bisschen freundlicher zu sein«, forderte ich sie auf, als wir allein in der Küche waren. »Du studierst doch Sozialpädagogik! Fang doch mal an, etwas davon in die Praxis umzusetzen!«

»Ach Mama«, sagte sie ungeduldig und blickte mich kurz an, als hätte ich nicht mehr alle Tassen im Schrank. »Ihr geht ihm doch schon alle um den Bart, da muss ich doch nicht auch noch mitmachen.«

»Wir gehen ihm um den Bart!«, empörte ich mich. »Hast du denn überhaupt kein Herz? Er ist ein sehr unglücklicher junger Mann. Wir wollen ihm nur helfen. Was ist nur mit dir los?«

»Nichts ist mit mir los!« Damit ließ sie mich stehen und verschwand mit einer Flasche Mineralwasser wieder in ihrem Zimmer.

Seit ein paar Wochen konnte man kein richtiges Gespräch mit ihr führen. Sie antwortete patzig oder überhaupt nicht. Ich wusste einfach nicht, was in sie gefahren war! Wenn ich meine Arme um sie legte, spürte ich ihre Ablehnung. Sie machte sich steif wie ein Brett und schob mich weg. Als ich sie nach dem Grund fragte, zuckte sie nur mit den Schultern und ging weg. Christoph hatte ähnliche Erfahrungen mit ihr gemacht. Wir trösteten uns beide, dass es damit sicher bald zu Ende sein würde. Was hatten wir nicht schon alles mit den Jungs erlebt! Dies-

mal war eben Moni das Problem. Aber wir sehnten uns danach, mal wieder normal miteinander reden und lachen zu können.

Eines Morgens kam Moni mit dunkelrot gefärbten Haaren zum Frühstück. Wir hatten sie am Abend lange im Badezimmer hantieren hören. Mir entfuhr ein kleiner Schreckensschrei: »Oooo Moni! Wie schrecklich!«

»Das habe ich erwartet«, sagte sie kühl.

Christoph schluckte und stotterte: »So schlimm ist es nicht, nein wirklich nicht!«

Dirk kam gerade die Treppe herunter und prustete los: »Wie Annette, genau wie Annette!«

Das war offenbar zu viel für Moni. Ich sah, wie ihr Gesicht blass wurde und sich verschloss. Sie ließ ihr Müsli stehen, das ich morgens immer nach ihren Wünschen vorbereitete, und ging stumm aus dem Zimmer.

»Was ist los? Habe ich was Falsches gesagt?«, fragte Dirk verwundert.

»Du nicht, aber wir«, sagte Christoph.

Ich hätte mir auf die Zunge beißen können, dass ich so unbeherrscht reagiert hatte, gerade jetzt, wo es auf jedes Wort, auf jede Geste ankam. Mir war, als wäre etwas zerrissen, das sich nicht so leicht wieder flicken ließ. Am liebsten hätte ich jetzt losgeheult, nur wäre das für niemanden eine Hilfe.

Es war richtig befreiend, als Meik und Nico ahnungslos zum Frühstücken kamen und über irgendein Musikstück redeten, das sie gerade im Radio gehört hatten. Ich hätte Dirk gern ausgefragt, was für eine Art Mensch Annette ist, aber es gab keine Gelegenheit mehr, mit ihm unter vier Augen zu reden. Sie machten sich schon bereit, zur Uni zu fahren, und wollten Meik mitnehmen, der ein Ersatzteil für das Motorrad besorgen soll-

te. Wir winkten ihnen nach, als sie zum Auto gingen. Nur Moni wandte sich nicht um, als wir Tschüss sagten und ihren Namen riefen.

»Was ist nur los, Christoph?«, klagte ich, als wir allein waren. »Mir ist, als würde sie uns entgleiten.«

»Ach Marga, du siehst Gespenster«, beruhigte mich Christoph. »Das gehört eben alles zum Erwachsenwerden. Lass uns einfach abwarten.«

Seine Gelassenheit tat mir wohl. Aber ich wusste, dass ihm ebenso schwer ums Herz war wie mir. Er wollte es nur nicht zeigen.

»O Christoph! Meik ... Vor lauter Sorgen um Moni habe ich ja ganz vergessen, dass Meik ...«

»Du meinst, wir hätten ihn zurückhalten sollen?«

»Ja, natürlich! Wir haben ihn einfach gehen lassen. Wer weiß, was er jetzt anstellt! Wenn er sich jetzt wieder was besorgt ... Rauschgift, meine ich.«

»Ich glaube nicht. Es war richtig, ihn gehen zu lassen. Wir können ihn ja schließlich nicht einsperren. Er wird schon wiederkommen.«

Christoph ging ins Büro, und ich blieb mit meinen Sorgen zurück. Ich rechnete mir aus, wie viel Zeit Meik wohl brauchen würde, bis er zurück war. Der Busfahrplan war deprimierend, die Verbindungen nach Frankfurt katastrophal. Vor zwei Uhr würde er kaum wieder hier sein können – wenn überhaupt ... Wie sollte ich diesen unerfreulichen Tag nur überstehen? Da fiel mir zum Glück noch ein, dass ich eine Verabredung für zehn Uhr hatte. Die neuen Nachbarn von nebenan hatten schon einige Male versucht uns einzuladen, aber es hatte nie geklappt. Seitdem sie eingezogen waren, hatten wir nur wenige Worte ge-

wechselt. Sie waren Amerikaner, der Mann leitete die deutsche Tochter eines amerikanischen Unternehmens. Dieser morgendliche Kaffeeklatsch war eine willkommene Ablenkung – und eine gute Gelegenheit, mein Englisch zu trainieren.

Pamela Nordling empfing mich mit wohltuender Herzlichkeit. »Welcome Marga!«, begrüßte sie mich. »Kommen Sie herein! Wir haben schon auf Sie gewartet. Meet my friends!«

Pamela war im selben Alter wie ich, gepflegt und gutaussehend, mit kurzgeschnittenen dunklen Haaren. Nur eines hatte ich vorher nicht bei ihr bemerkt: Eine mächtige Zahnspange umspannte ihren Oberkiefer und blitzte bei jedem Lächeln auf. Ich hatte geglaubt, dass so etwas nur bei Kindern gemacht würde. Es fiel mir gar nicht leicht, meine Augen von dem leuchtenden Metall abzuwenden. Pamela bemerkte es und erklärte, dass der schlechte Zustand ihrer Zähne daran schuld sei. Zwei Jahre lang sollten sie stabilisiert werden.

Drei weitere Frauen waren in dem typisch amerikanisch eingerichteten Wohnzimmer anwesend. Sie saßen in weit ausladenden Polstern einer bunt geblümten Sitzgruppe bei Kaffee und appetitlich aussehenden kleinen Sandwiches.

»Das ist Inge Weber«, stellte Pamela vor. »Sie wohnt nur ein paar Häuserblocks weiter. Dies ist Silke Schneider aus Frankfurt. Wir haben uns vor ein paar Jahren in Amerika kennengelernt. Und das hier ist Hanna Bergström. Hanna kommt aus Norwegen.«

»Ich freue mich, Sie kennen zu lernen. Nice to meet you …«

Es ging halb deutsch, halb englisch zu. Sie waren alle sehr freundlich, Frauen mit intakten Familien, ohne ernsthafte Probleme, ohne Ängste vor der Zukunft. So wie ich, dachte ich, und freute mich, mal so richtig gepflegt über dies und das zu reden, ein bisschen über soziale Umstände zu schimpfen, über die langen Arbeitsstunden unserer Männer, die überfüllten Unis oder den Stress der Kinder in den Schulen. Inge Weber klagte uns ihr Leid über den Sohn, der kaum noch ruhig schlafen konnte, weil er im Abi stand. Ich war froh, dass Christoph und ich dieses Problem schon dreimal überstanden hatten.

Solch eine nette Gesprächsrunde hatte ich lange nicht erlebt. In den Büros ging es ganz anders zu, da schlug man sich oft mit harten Bandagen – oder blieb förmlich und nichtssagend. Früher hatte ich mich regelmäßig mit drei langjährigen Freundinnen getroffen. Aber jetzt geschah das nur noch selten. Die eine redete ständig über ihre jeweils wechselnden Lebenspartner – oder richtiger: Lebensabschnittspartner –, die zweite war durch ihre Ehescheidung verbittert, und die dritte mit einem stumpfsinnigen Mann verheiratet, der einen verheerenden Einfluss auf sie ausübte. Wenn wir auseinandergingen, blieb immer ein bitterer Nachgeschmack zurück.

Mit unserer anderen Nachbarschaft war ich überhaupt noch nicht warm geworden. Die Neubausiedlung bestand hauptsächlich aus jungen Familien mit schreienden Kindern, und im alten Dorf wohnten fast nur Einheimische, die ich kaum verstehen konnte. Pamela Nordling mit ihren Freundinnen war eine hoffnungsvolle Bereicherung meines Bekanntenkreises und bestens geeignet für einen netten Kaffeeklatsch.

Plötzlich wurden alle still, eine Pause trat ein, in der Pamela noch einmal Kaffee einschenkte und von den kleinen Sandwiches anbot. Leicht irritiert begann ich über ein Lammrezept zu reden. Solche Gesprächspausen machen mich immer nervös, dann greife ich meistens irgendein Thema auf, das mir gerade in den Sinn kommt. Aber niemand schien sich so recht dafür zu interessieren, obwohl ich es von einer unserer Urlaubsreisen aus Griechenland mitgebracht hatte und immer dann zubereitete, wenn ich bei Gästen Eindruck machen wollte. Sie lächelten mich nur an, schwiegen aber, bis Pamela sagte: »Marga, würde es dich interessieren, wenn wir gemeinsam ein wenig in der Bibel lesen? Wir treffen uns nämlich regelmäßig donnerstags und diskutieren dann über Gott und die Welt.«

Silke Schneider lachte dröhnend los, sie hatte eine sehr tiefe Stimme. »Die Welt können wir jetzt abhaken, die haben wir erledigt. Jetzt kommt Gott dran!«

Mir fiel fast der Bissen aus dem Mund. Ich sah von einer zu anderen und bemühte mich, meine Überraschung nicht allzu deutlich zu zeigen. Sie meinten es wirklich ernst! Schon vorher war mir aufgefallen, dass am Tischende einige dicke Bücher lagen. Ich hatte geglaubt, dass Pamela vielleicht so einer Art Literaturkreis angehörte, was mir sehr gefallen hätte. Dass ihre Literatur sich allerdings auf die Bibel beschränkte, fand ich ... ich wusste nicht wirklich wie, auf jeden Fall befremdend. Nicht etwa, dass ich etwas gegen Religion hätte, ganz bestimmt nicht! Christoph und ich zahlten treu und brav unsere Kirchensteuern und würden nie aus der Kirche austreten. Wir achteten auch darauf, dass die ganze Familie Weihnachten zum Gottesdienst ging. Manchmal betete ich sogar. Aber die Bibel hatte mich wirklich niemals interessiert.

Ich überlegte, wie ich mich verabschieden konnte, ohne jemanden zu beleidigen. Meik! Ja, Meik war Grund genug zum Gehen. Hoffentlich stellte der heute nichts an! Ich sah zur Uhr. Es war noch früh, kurz vor elf.

»Es tut mir so Leid, aber ich kann nicht länger bleiben«, sagte ich bedauernd. »Wir haben nämlich einen jungen Gast im

Haus, der Probleme hat – mit Drogen. Meik hat einen Selbstmordversuch hinter sich.«

»O, wie furchtbar!«, entfuhr es Pamela.

»Können wir dir irgendwie helfen, Marga?«, fragte Inge Weber.

»Nein, nein«, wehrte ich ab. »Er ist heute früh mit unseren Kindern in die Stadt gefahren, um etwas zu besorgen. Ich muss im Haus sein, wenn er wiederkommt ... Ich hoffe, er kommt wieder. Er wird ein paar Wochen bei uns bleiben, bis sein Vater von einer Geschäftsreise zurück ist.«

»Wir verstehen, dass du dir Sorgen machst.« Hanna Bergström drückte mir mitfühlend die Hand.

»Wir werden für Meik beten«, sagte Silke Schneider, als ich mich von allen verabschiedete.

Pamela brachte mich zur Tür und umarmte mich. »Du bist jederzeit bei uns willkommen, Marga. Lass uns wissen, wenn wir irgendwie helfen können.«

Alle waren so freundlich und hilfbereit gewesen, dass mich fast ein wenig das Gewissen drückte über meine kleine Lüge. Zeit hatte ich wahrhaftig genug. Meik würde noch lange nicht zurückkommen. Außerdem war auch noch meine Schwiegermutter im Haus, um ihm die Tür zu öffen. Auf jeden Fall hatte es mir richtig gut getan, mal nicht an Moni und ihr seltsames Verhalten zu denken. Ich fühlte mich viel besser als heute früh. Es war ein angenehmes Gefühl, solch nette Nachbarn zu haben.

Es war kaum zwölf, als unser Big-Ben-Geläute mich aufschreckte. Meik stand vor der Tür mit einer Einkaufstüte in der Hand.

»Ich bin getrampt«, teilte er mir strahlend mit. »Und das Er-

satzstück habe ich auch bekommen. Es war sogar billiger, als wir dachten. Dirk wird sich bestimmt freuen. Soll ich irgendwas mithelfen? Ich könnte Staub saugen!«

So aufgekratzt hatte ich ihn bisher nicht erlebt. Ob er was eingenommen hatte? Ich musterte ihn, konnte aber nichts Auffälliges entdecken. Allerdings war ich alles andere als ein Experte. Mich würde er jederzeit hinters Licht führen können.

Ganz plötzlich wandte sich Meik um und sah mir in die Augen. »Es ist alles okay! Ich hab keinen Stoff genommen, obwohl ich einen Freund traf, der mir was abgeben wollte.«

»O Meik, das freut mich wirklich!« Ich legte meine Arme um ihn und drückte ihn kurz.

Es machte ihn ein bisschen verlegen, aber ich glaube, dass er sich darüber freute. Er lief in den Keller, rief Oma etwas zu, die gerade ihr Mittagessen in der Kochnische brutzelte, und kam mit dem Staubsauger zurück. Er saugte die ganze Etage mit viel Elan, wenn auch nicht sehr gründlich. Dann machte er sich über die Schnittchen und das Obst her, das ich für uns beide vorbereitet hatte. Sein Appetit hatte in den letzten Tagen zugenommen, er stocherte längst nicht mehr so lustlos im Essen herum wie am Anfang. Für die abendlichen Mahlzeiten reichten kaum mehr meine Töpfe aus. Natürlich führte ich das alles auf meine ganz hervorragenden Kochkünste zurück.

Ich wollte einen Spaziergang mit Flipper machen, der mich schon eine ganze Weile vorwurfsvoll fixiert hatte, und war schon an der Tür, als das Telefon klingelte. Meik sprang hin und nahm den Hörer ab.

»Moment, ich geb sie dir … Was, du willst nicht?«, hörte ich ihn sagen. Er legte den Hörer auf. »Das war Moni. Ich soll ausrichten, dass sie heute Abend bei ihrer Freundin in Frankfurt bleibt.«

»Und warum? Hat sie weiter nichts gesagt?«

»Nein, nichts.«

»Sie will nichts mit uns zu tun haben, nicht mal mit uns reden«, sagte ich zu Flipper, der an mir hochsprang und meine Hand leckte.

5.

Seit Meik im Hause war, hatte ich dort keine ruhige Minute gehabt. Noch nie musste ich so viel reden und diskutieren, wie in den letzten vierzehn Tagen. Und noch nie ist mir so deutlich bewusst gewesen, wie gefährdet meine Stellung als allwissender Vater inzwischen schon war. Was wusste ich denn schon von Hip-Hop, Zylinderköpfen, Jazz-Akkorden, Ravi Shankar oder der Frankfurter Schule, um nur ein paar Beispiele zu nennen. Hätte Marga mich nicht von Zeit zu Zeit herausgepaukt (»Wie mir Papa erklärte ...«, »Du hast mir doch selbst gesagt, Christoph ...«), wäre mein Ruf wahrscheinlich nicht zu retten gewesen. Unter vier Augen spendete sie mir anschließend zwar immer wieder Trost (»Es ist aber auch schwer für dich mit deiner großen Verantwortung im Büro, während ich zu Hause mit den Kindern über alles reden kann.«), doch es waren diese und ähnliche Bemerkungen, die mich auch noch um meine Stellung als bewunderten Ehemann fürchten ließen.

Deshalb kam mir die Marketingbesprechung im Hauptwerk gerade recht. Drei oder vier Tage unter meinesgleichen und abends bei Erika in aller Ruhe Fernsehen, das war genau das, was ich jetzt brauchte. Und hinterher müsste Wolfgang eigentlich schon Meik abholen. Ja, diese Aussicht erleichterte mich, obwohl mir der Junge durchaus sympathisch war. Aber wusste man denn, was er tat, wenn keiner zusah? Gertrud Habermann hatte mich jedenfalls gewarnt, als ich der Trimm-Gruppe von Meik erzählte. Wir dürften ihm unter gar keinen Umständen trauen, denn abhängig bliebe abhängig, trotz des Methadons. Daraufhin achtete ich sehr darauf, ob sein Reden und Benehmen irgendetwas verriet, was aber nie passierte. Jedenfalls nicht, solange ich noch zu Hause gewesen war.

Die Konferenz in der Zentrale bot mir nun nicht nur die wohlverdiente Ablenkung vom häuslichen Stress, sondern auch die Gewissheit, endlich Otto Schwanitz als Leiter der Niederlassung beerbt zu haben. Praktisch war ich das zwar schon, seit Otto im letzten November fünf Bypässe bekommen hatte, doch erst vor einer Woche gab mir mein Dr. Schmittke telefonisch zu verstehen, dass sie Otto den Abgang vergoldet hätten und ich nun das Eckzimmer mit den zwei Fensterfronten beziehen dürfe – allerdings erst nach der Konferenz. Das war eben typisch Arno. Er dosierte seine Gunstbeweise gerne in kleinen Portionen, damit die Spannung erhalten blieb.

Ich lehnte mich in meinem Sessel zurück und trank genüsslich von meinem Bier. Als ich zum ersten Mal bei Erika übernachtete, war ich vollkommen überwältigt gewesen. Eine solche Wohnung hatte ich noch nie gesehen! Alle Wände kunstvoll holzgetäfelt, die Decken mit Stuckornamenten und Fresken verschönert, und die Möbel, Tische, Stühle, Sofas wie aus Urgroßvaters Zeiten. Es war das einzige Haus im ganzen Viertel, das die Bombenangriffe des Zweiten Weltkrieges unbeschadet überstanden hatte, das Geburtshaus nicht nur ihres Mannes, sondern auch schon dessen Vaters.

Die Tür ging auf. »Brauchst du noch was? Bier? Schmalzbrot?«, fragte Erika.

»Gegen ein Schmalzbrot hätte ich nichts einzuwenden. Ach, was soll's! Noch eine Flasche kann auch nicht schaden, vielen Dank, Kusine. Trinkst du eine mit?«

»Du weisst doch, dass ich Alkohol nicht ausstehen kann. Ich habe wunderbare Neuigkeiten – ich reise in die Türkei! Du wirst staunen, wenn du hörst, weshalb.«

Und ich hatte mich schon aufs Fernsehen gefreut! »Wolltest du nicht nach Israel?«, fragte ich halbherzig.

»Ach, das kann warten. Jetzt bin ich einer echten Sensation auf der Spur! Also, ich mache schnell die Schmalzbrote und für mich einen Tee.«

Sie nickte mir mit ihrem grauen Pagenkopf à la Prinz Eisenherz energisch zu. Ja, Erika war immer noch ungeheuer energisch, vor allem nachts, wenn das Geklapper ihrer alten Adler-Schreibmaschine durch die Wohnung hallte. Oder wenn sie zwischendurch in kreativen Denkpausen und Wanderschuhen über die knarrenden Parkettböden hin und her marschierte. Das waren die endlosen Minuten, in denen ich mir wütend das Kopfkissen überstülpte und ihre Energie samt Intelligenzquotienten – immer noch mindestens 130 – aufstöhnend verfluchte. Doch wenn sie mich dann am Morgen mütterlich fürsorglich mit Kaffee, Brötchen und selbstgemachter Hagebuttenmarmelade verwöhnte, war ich schnell wieder versöhnt. Von meiner ganzen Sippschaft schätzte ich Erika am meisten, gerade weil sie so ein verrücktes Huhn war.

Wirklich kennen gelernt hatten wir uns erst, als eine meiner anderen Kusinen vor ein paar Jahren ein Familientreffen organisierte, und als sich dabei herausstellte, dass Erika in derselben Stadt residierte wie meine Firma, hatte sie mir spontan angeboten, bei ihr zu wohnen, wenn ich in der Zentrale zu tun hatte.

Dass jemand wie Erika meiner Familie entstammen sollte, fand ich nach wie vor rätselhaft. Sie war die Tochter der Schwester meines Vaters, doch völlig aus der Art geschlagen, wie man so sagt. Zwischen ihr und uns – meinem Bruder und den anderen Vettern und Basen der Sippe – bestand auch nicht die geringste Ähnlichkeit. Was sich möglicherweise daraus erklärt, dass sie gute fünfzehn Jahre älter als der Rest und ein Einzelkind gewesen war. Sie selbst hatte keine Kinder, dafür aber einen sehr wohlhabenden Mann gehabt, einen Privatarchäologen, der allerdings schon bald nach der Hochzeit bei einer von ihm finanzierten Ausgrabung tödlich verunglückte. Seitdem war sie allein geblieben, aber offenbar nie einsam gewesen. Inzwischen war sie längst selbst so etwas wie eine Privatarchäologin, die überall auf der Welt mal hier und mal da mitbuddeln durfte. Geld genug hatte sie ja.

Da trat sie auch schon, ein Tablett mit Broten, Bierflasche, Teekanne und Tasse balancierend, wieder ins Zimmer.

»Heute läuft ein ›Tatort‹ mit den beiden, die so nette alte Lieder singen. Willst du ihn dir ansehen?«, fragte sie. »Ich hätte auch Lust. Er kommt in fünfzehn Minuten.«

»Du?«, staunte ich erfreut. »Aber ich dachte, du wolltest mir von deiner neuesten Sensation berichten.«

»Sie ist absolut fantastisch! Wenn sich das bestätigt ...« Ihre dunkelbraunen Augen blitzten mich an. »Du hast doch schon von Schliemann gehört. Oder von Dörpfeld, Petrie, Carter, Evans ... Das waren alles sehr berühmte Archäologen. Vielleicht, und ich sage das noch mit allem Vorbehalt, wird unser Name – meines lieben Friedrichs Name, Gott hab ihn selig – in einem Atemzug mit denen genannt werden. Jedenfalls soll die Grabungsexpedition seinen Namen tragen. Wozu soll ich sonst das viele Geld verwenden!«

Ich dachte zwar kurz an meine monatlichen Kreditraten, doch das war natürlich eine gedankliche Fehlleistung. »Das ist ja wunderbar, Erika«, versicherte ich ihr stattdessen zwischen zwei Bissen. »Und deshalb fährst du in die Türkei?«

»Richtig! Es ist einfach sensationell!«

»Was ist sensationell?«

»Dass ich der Arche Noah auf der Spur bin! Noahs Arche auf dem Berg Ararat in der Türkei ... Nein! Sag jetzt nichts!«, wehrte sie ab, als ich nach Luft schnappte, weil mir mein Schmalzbrot im Halse stecken zu bleiben drohte. »In jedem Lexikon kannst du nachlesen, dass man die Arche dort vermutet. Außerdem wird mir ein amerikanischer Professor einen alten, aber eidesstattlich bestätigten Bericht zusenden. Er stammt von einem russischen Augenzeugen, der die Überreste 1917 aus einem Flugzeug gesichtet und fotografiert hat. Ich habe ...«

»Wann war das?«, krächzte ich dazwischen.

»1917«

»1917! Das läßt sich doch gar nicht mehr nachprüfen! Hast du denn die Fotos gesehen?«

»Die sind leider verloren gegangen. Aber der Augenzeuge ...«

»Erika! Da nimmt dich doch jemand auf den Arm. Die wollen an dein Geld, weiter nichts.«

»Unsinn! Ich kenne den Amerikaner seit langem. Und der Russe, der den Bericht geschrieben hat, war Militärpilot! Die Filme musste er natürlich seinem Kommandeur übergeben. Aber damals war Revolution, Bürgerkrieg, die Filme gingen verloren. Der Flieger, ein Weißrusse, wanderte später nach Amerika aus, aber seine Geschichte glaubte ihm niemand mehr. Die Einzelheiten, die er erzählte, waren wohl zu fantastisch. Deshalb schrieb er seinen Bericht bevor er starb, gab ihn einem Pastor und über irgendwelche Kanäle kam er vor einiger Zeit in die Hände meines amerikanischen Bekannten.«

»Und du nimmst das tatsächlich ernst?«

»Mein lieber Christoph, nur weil Schliemann seinen Homer ernst genommen hat, hat er Troja entdeckt! Und Homer hatte schon vor 2500 Jahren geschrieben. Der Bericht von dem Russen ist eben meine Quelle.«

»Typisch Erika. Wer nicht wagt, der nicht gewinnt!«

»Natürlich! Anfang März treffe ich in Ankara einen alten Studienfreund von Friedrich, um die Planung und Vorbereitung zu besprechen. Spätestens Anfang Mai soll es losgehen. Das muss ich dir unbedingt erzählen ...«

Wie gesagt, sie war völlig aus der Art geschlagen. Sie träumte davon, die Arche zu finden, und ich war schon froh, Otto Schwanitzens Nachfolger zu werden. Als wir schließlich viel zu spät den ›Tatort‹ einschalteten, dudelten die beiden Kommissare gerade: »Schenk mir einen bunten Luftballon« . Erikas Sopran lag zwar deutlich daneben, doch den Text sang sie einwandfrei und mit viel Gefühl.

* * *

Der ICE rollte langsam auf den Hauptbahnhof zu. Ich schaltete meinen Laptop ab und klappte ihn zusammen. Zwei Stunden war ich damit beschäftigt gewesen, meine Einschätzung der Marketingbesprechung abzufassen, was mir schon deshalb nicht leicht gefallen war, weil mein Kollege Niki während der ganzen Zeit eher gelangweilt zum Abteilfenster hinausgesehen hatte.

»Bis morgen Mittag will ich Ihre Berichte in meiner E-mail haben!«, hatte Schmisske uns zum Abschluss mitgeteilt. »Aber schreiben Sie mir bloß kein Wischiwaschi. Ich will klar und präzise Ihre Meinung! ›Show me the beef‹, wenn Sie verstehen, was ich meine. Ich will Fleisch in Ihrem Bericht haben, kein Leipziger Allerlei!«

Arno hatte sich diesmal überhaupt sehr amerikanisch aufgeführt und kein Wort Lateinisch gesprochen – eine absolute Neuheit für alle, die ihn kannten. Abends beim Whisky war dann auch durchgesickert, dass er seit kurzem den Sessel des Vorstandsvorsitzenden im Visier hatte. Gewissermaßen zur Einstimmung hatte er deshalb gleich saftig die Umsatzziele angehoben, und es war uns allen klar, dass er seine »Statthalter« in den Provinzen rücksichtslos gegeneinander ausspielen würde, sollte einer hinterherhinken. Vor nicht allzu langer Zeit war ein Niederlassungsleiter noch ein kleiner König im Unternehmen gewesen, doch jetzt waren wir alle nur noch

Arnos Steigbügelhalter, allerdings mit einem guten Gehalt.

»Na, bist du fertig geworden?«, wollte Niki, der Niederlassungsleiter von Sachsen, wissen, als ich nach meinem Mantel griff.

»Kein Problem, das mache ich doch mit links«, sagte ich lässig. Dass ich den ganzen Kram mit Sicherheit morgen früh wieder umschreiben würde, brauchte er ja nicht zu wissen. Nikita Müller war neununddreißig, ledig, kurzgeschoren und durchtrainiert. Er stammte aus einer ehemals linientreuen Familie, die seine Karriere offenbar immer noch mit Argwohn verfolgte, wie er lächelnd ausgeplaudert hatte. Vor allem aber war er einer von unseren neuen jungen Wilden, die Freund Arno dazu ausersehen hatte, uns Altgedienten das Fürchten zu lehren.

Wir verabschiedeten uns deshalb auch nicht allzu überschwänglich, als der Zug hielt. Niki hatte zwanzig Minuten Zeit bis zu seinem Anschluss, und ich wollte so schnell wie möglich nach Haus zu meinen Lieben. Ich hatte mich schon abgewandt, da rief er mir nach: »Christoph!«

Ich blickte mich um – er grinste.

»Denk an deinen Blutdruck«, sagte er. »Fahr vorsichtig! Wir brauchen dich noch.«

Dieser Knabe zog mich doch tatsächlich auf! Dabei war ich erst neunundvierzig! »Keine Sorge, ich bin noch ganz gut beieinander«, versicherte ich und hätte ihm am liebsten eine geknallt. Es war leider eine lahme Antwort, doch wenn mich jemand unvermittelt auf den Arm nimmt, bin ich hilflos wie ein Baby.

Unterwegs im Auto sah alles schon wieder ganz anders aus. Auch Niki würde sich die Hörner noch abstoßen. Und außerdem war es mein Bezirk, Hessen-Süd/Rheinland-Pfalz, der unserem Laden jährlich die höchsten Zuwächse bescherte. Dass Schmisske auf mich setzte, tat er gewiss nicht aus Liebe, dazu hatten wir uns viel zu oft in der Wolle. Nein, Arno wusste, dass ich alle unsere Kunden aus dem Effeff kannte und dass es keinen Besseren für den Job gab. Keinen Besseren, wohlgemerkt! Um das zu feiern, war unsere beste Flasche heute Abend gerade gut genug. Gaudeamus igitur, wie Arno zu unserer Werkstudentenzeit zu sagen pflegte: Lasst uns alle fröhlich sein!

Leider wollte das Wetter meine mentale Wiedererstehung nicht mittragen. Als ich in unsere Straße einbog, war es neblig, nass und beinahe schon stockfinster. Doch was war das? Weshalb stand da jemand vor unserem, aus allen Fenstern leuchtenden Haus im Schneeregen? Ich drückte noch einmal aufs Fernlicht – meine Mutter! In Hut und Mantel, die Arme über der Brust verschränkt, sah sie zu, wie ich ausrollte, stoppte und aus dem Wagen sprang.

»Mama! Was machst du hier draußen? Worauf wartest du?«

»Da bist du ja endlich!«, empfing sie mich vorwurfsvoll. »Wo warst du überhaupt? Du bist ja nie da, wenn ich dich brauche.«

»Aber, Mama, ich war doch ... Ach, komm lass uns reingehen.«

»Nein, lass das!«, wehrte sie sich, als ich sie sachte Richtung Haustür mitziehen wollte. »Keine zehn Pferde kriegen mich da wieder rein!«

»Mama! Was in aller Welt ...«

»Nicht für Geld und gute Worte gehe ich in euer Haus zurück. Das können sie mit mir nicht machen.«

Langsam verlor ich die Geduld. »Mama, ich zähle bis drei! Dann trage ich dich rein. Eins, zwei ...«

»Untersteh dich!«

»Drei!« Ich hob sie einfach hoch. Sie war leicht wie eine Feder und schimpfte wie ein Rohrspatz.

Marga öffnete. »Ich hab euch schon beobachtet. Sie steht schon eine Viertelstunde draußen. Wir konnten nichts machen.«

»Sie wollen mich nicht nach unten lassen«, grollte Mama.

Moni, Nico und Dirk standen auch im Flur. Ich sah meine Familie reihum fragend an. »Es ist mal wieder Geld weg«, sagte Marga.

»Fünfhundert Mark«, ergänzte Dirk.

»Wir haben alles abgesucht«, versicherte Nico, der offensichtlich Mühe hatte, ernst zu bleiben.

»Oma hat Meik im Verdacht. Sie will, dass wir seine Sachen durchsuchen«, sagte Moni. »Das ist doch typisch für diese Gesellschaft, auch typisch für unsere Familie.«

Das reichte mir. »Was ist typisch für unsere Familie? Was willst du damit sagen?«

»Dass du es selbst nicht weißt, ist doch typisch«, stellte Moni fest. »Oder wirst du dich etwa weigern?«

Ich wandte mich achselzuckend ab. Bloß nicht provozieren lassen.

»Mama«, sagte ich. »Bist du sicher, dass dir fünfhundert Mark fehlen? Du weißt doch selbst, dass du dein Geld immer versteckst.«

»Das kann schon sein! Ich verstecke es vor Einbrechern! Meine Rente ist doch alles, was mir vom Leben geblieben ist.« Jetzt fing sie auch noch an zu weinen. »Im Krieg wurden wir zweimal ausgebombt. Aber das interessiert heute ja keinen mehr.«

Marga nahm Oma in die Arme und tröstete sie, während mir zur selben Zeit Gertrud Habermanns Worte wieder in den Ohren klangen: »Abhängig bleibt abhängig.«

»Wo ist denn Meik überhaupt? Ist er nicht da?«, wollte ich wissen.

»Endlich fragst du danach!«, lamentierte Oma. »Der ist ganz plötzlich weg. Der hat es bestimmt geklaut.«

»Er ist wohl schon nachmittags weg. Wir waren alle nicht hier, nur Oma«, sagte Marga. »Was soll ich machen, wir können ihn doch nicht einschließen.«

Richtig, das konnten wir nicht! Und genau das würde ich auch Wolfgang unter die Nase reiben! Nachdem die Kinder mir nochmals versicherten, dass sie alle uns bekannten Verstecke in Omas Zimmer untersucht hätten, beschloss ich zu handeln. Ich ließ mir von Marga den Schlüssel zum Partykeller geben, den die Kinder vor Oma in Sicherheit gebracht hatten, und ging nach unten. Die Familie blieb im Wohnzimmer – offensichtlich unzufrieden meine Mutter, nachdenklich meine Frau, eisig meine Kinder.

Erst als ich schon vor Meiks Matratze stand und den geöffneten Koffer und seine übrigen herumliegenden Besitztümer ins Auge fasste, wurde mir schlagartig bewusst, dass ich ein ausgemachter Narr war. Sollte er tatsächlich das Geld gestohlen haben, dann würde ich es hier in seinem Zimmer mit Sicherheit nicht mehr finden. Und dafür hatte ich Hausfriedensbruch begangen!

Ich machte auf dem Absatz kehrt, als könnte mein schneller Abgang den Frieden gewissermaßen wieder herstellen und stieß dabei mit dem rechten Fuß schwungvoll einen Stapel Bücher um. Auch das noch! Hastig baute ich den Stapel wieder auf – und staunte nicht schlecht: Ein halbes Dutzend Notenhefte, dann ein Buch von Kipling »Die Dschungelbücher«, ein dickes Buch »Sagen des klassischen Altertums«, ein Krimi von Grisham, ein Band »Rilke« und zuletzt, zerlesen und abgegriffen, ein Buch mit dem Titel: »Die Kinderbibel«. Dass es so etwas gab, war mir völlig neu. Neugierig schlug ich es auf und las die Widmung: »Für unseren lieben Meik zum 9. Geburtstag. Deine Mama und Papa«. Waren das etwa Wolfgang und seine geschiedene Frau?

Zurück im Wohnzimmer verkündigte ich, dass ich nichts angerührt hätte, verschwieg ehrlicherweise aber auch nicht, weshalb. Mama murmelte irgendetwas Unverständliches, doch der Rest meiner lieben Familie betrachtete mich nicht mehr ganz so abweisend wie vorher. Den übrigen Abend verbrachten wir damit, auf Meik zu warten. Als er um elf immer noch nicht zurück war, rief ich im Studio in Berlin an, von wo aus Wolfgang sich gelegentlich gemeldet hatte. Leicht fiel es mir wahrhaftig nicht, doch ich wollte die Verantwortung nicht allein tragen. Ich hatte Glück, er war noch dort, allerdings mitten in einer Aufnahme. Zehn Minuten später klingelte unser Telefon. Wolfgang benahm sich hervorragend. Er sagte, er hätte gehofft, dass Meik diesmal

»clean« geblieben wäre, zumal er schon zwei Wochen durchgehalten hätte. Nein, da wäre gar nichts zu machen, wir sollten ins Bett gehen und uns keine Gedanken mehr machen. Es wäre sowieso nichts daran zu ändern. Spätestens in drei Tagen sei er mit seiner Arbeit fertig, dann würde er sich selbst um alles kümmern. Das fehlende Geld erwähnte ich nicht.

»Ach, Schatz«, sagte Marga, als wir endlich im Bett lagen. »Ich hab dich nicht mal gefragt, wie es auf der Konferenz gewesen ist. Ist alles gut gegangen?«

»Erika sucht die Arche Noah! Alles andere erzähle ich dir morgen.«

Sie sah mich mit so schönen großen Augen an, dass ich gar nicht anders konnte, als ihr einen dicken Kuss aufzudrücken.

»Du schwindelst doch«, lachte sie.

»Du meinst Erika? Auf Ehre und Gewissen nicht. Aber ich bin hundemüde, Schätzchen. Ich erzähl dir alles morgen beim Frühstück.«

6.

Ich hatte mich nochmals ins Bett gelegt, wie meistens jetzt, nachdem Christoph und die Jungs aus dem Haus gegangen waren. Nur Moni war noch da, sie hatte heute keine Vorlesung. Der Februar ging mir gehörig auf die Nerven. Der Himmel war schmutziggrau, der leicht angetaute Schnee ebenfalls, und in meinen Gedanken sah es ähnlich aus. Ich überlegte, ob ich mich nicht mal wieder bei der Zeitagentur wegen eines Jobs melden sollte. Aber irgendwie fehlte es mir an Energie. Eine handfeste Frühjahrsmüdigkeit hatte mich seit kurzem gepackt. Morgens kam ich kaum aus den Federn und abends nicht schnell genug rein. Christoph beschwerte sich, dass mit mir nichts anzufangen sei. Er hatte ja Recht, aber ich konnte es nicht ändern.

Seit fünf Tagen war Meik weg. Sein Verschwinden hatte einen bitteren Geschmack bei uns hinterlassen. Wo mochte er wohl sein? Warum war er nicht wiedergekommen? Auch die fünfhundert Mark hatten sich noch nicht gefunden, vielleicht hatte er sie wirklich gestohlen. Andererseits hatte Christoph auch schon mal nach Wochen etwas in Omas Zimmer wiedergefunden. Jedenfalls erwähnten wir nichts davon, als Wolfgang Märtens vorgestern Meiks Sachen abholte.

Ich hörte Moni in ihrem Zimmer rumoren, eine gute Gelegenheit für ein Mutter-Tochter-Schwätzchen. »Moni! Komm frühstücken! Der Kaffee ist fertig«, rief ich nach oben.

Sie ließ sich Zeit mit der Antwort, aber dann kam sie doch. Die Farbe in ihrem Haar war ein wenig blasser geworden und hatte inzwischen einen leichten Orangeton angenommen. Vielleicht wusch sich ja auch aus ihrem Innern ganz allmählich der Groll heraus, hoffte ich.

»Hallo, mein Liebling«, begrüßte ich sie. »Hättest du nicht mal Lust zu einem Einkaufsbummel?«

»Einkaufsbummel?«

»Ja. Wir könnten dir irgendwas Nettes kaufen. Du könntest ein neues Sweatshirt oder eine Jeans gebrauchen.«

Moni ließ sich am Tisch nieder und begann umständlich ihr Müsli zu mixen. »Ich weiß nicht recht …«, sagte sie tonlos.

Ich nahm mir fest vor, mich nicht entmutigen zu lassen und keinesfalls wieder die Geduld zu verlieren. Heute war eine gute Gelegenheit für einen neuen Anfang.

»Und danach gehen wir beide eine Kleinigkeit essen – so wie früher. Wie findest du das?«

»Jaaa …«, meinte sie gedehnt.

»Dann kommst du also mit?« Vor Freude nahm ich sie in den Arm, ohne ihren Widerstand zu beachten.

»Ja, ich wäre ganz gern … aber mir ist gerade eingefallen, dass Markus heute kommt. Er will was abholen.« Sie sah auf die Uhr. »Er müsste bald hier sein.«

»Dann gehen wir einfach anschließend einkaufen«, schlug ich vor. »Ob eine Stunde früher oder später ist doch unwichtig.«

Sie starrte vor sich hin, ganz mit sich selbst beschäftigt. »Nein«, sagte sie dann. »Das klappt nicht. Sorry.«

»Versuch's doch mal Moni!«, bat ich. »Wir haben doch schon so lange nichts mehr zusammen unternommen.«

»Ach Mutter! Wir müssen ja nicht zusammen einkaufen gehen wie früher. Ich bin ja kein Kind mehr. Ich brauche sowieso nichts Neues.«

Ich holte tief Luft und versuchte meine Enttäuschung runterzuschlucken. Auch dass sie mich neuerdings »Mutter« nannte, wenn sie mich schon mal anredete, gefiel mir nicht.

»Wer ist denn Markus?«, fragte ich.

»Och, wir sind im selben Studiengang. Der wohnt im nächsten Kaff. Manchmal fahr ich doch mit ihm zur Uni.«

»Ach der ist das! Ja, Dirk hat mir erzählt, dass der dich mitnimmt, wenn eure Vorlesungen auseinander liegen. Dann lerne ich den ja auch mal kennen.«

Sie zog hörbar die Luft durch die Nase, um ihr Missfallen auszudrücken. War ich schon wieder in ein Fettnäpfchen getreten? Als hier vor ein paar Wochen ein wild gelockter Typ in edelsten Klamotten aufkreuzte, hatte Christoph geflaxt: »He oiled his way around the floor … Na, Moni, woraus ist das?«

»My fair Lady!«, kam es wie aus der Pistole geschossen. Aber dann hatte sie den Zusammenhang erkannt und war tief beleidigt nach oben gegangen. Wir hatten nicht geahnt, dass sie an diesem Casanova-Jüngling interessiert sein könnte. Es war ein grober Schnitzer, der uns da unterlaufen war. Wer weiß, was wir noch alles falsch gemacht haben!

Ich räumte ein paar Teller vom Tisch und versuchte mit allerlei unverfänglichen Themen so etwas wie ein Gespräch in Gang zu bringen. Aber es kam nichts dabei heraus. Auf meine Fragen nickte oder schüttelte sie nur den Kopf, zuckte mit den Schultern und gab nur einsilbige Antworten. Ich hätte sie gern gefragt, warum wir nicht mehr normal miteinander reden konnten. Aber dann hätte sie wohl wütend die Küche verlassen und mich wie eine dumme Gans stehen lassen. Darauf wollte ich es nicht ankommen lassen.

»Ich muss noch was fertigmachen«, murmelte sie schließlich und ging nach oben, ohne mich auch nur ein einziges Mal richtig angesehen zu haben.

Nur jetzt nicht die Geduld verlieren, sagte ich mir und kippte meinen Kaffee in den Ausguss. Nicht mal der schmeckte mir in letzter Zeit. Bevor Markus kam, wollte ich mich schnell noch anziehen und herrichten – was neuerdings leider ziemlich mühsam war. Auch vor meinem Spiegelbild erschreckte ich mich manchmal. Die Frau, der ich da begegnete, war erheblich älter und schien einem Albtraum entstiegen zu sein. Auch wenn ich es nicht wahrhaben wollte, spürte ich seit kurzem ein paar Veränderungen. Kam ich jetzt etwa in diese schrecklichen Jahre, deren Bezeichnung ich nicht einmal aussprechen mochte? Schon als Kind hatte ich ein unangenehmes Gefühl empfunden bei der Erwähnung »Wechseljahre«. Dann lieber vom Klimakterium reden, das ließ mich eher an fremde Länder oder Wetterbericht denken. Trotzdem war mir das Thema so unangenehm, dass ich die Gedanken schnell wieder wegschob.

Markus kam. Ein blasser, pickliger junger Mann mit kurz geschorenem Haar. Er redete viel, war nicht im Geringsten schüchtern und behandelte meine Tochter wie ein unmündiges Kind. Und sie ließ es sich gefallen, lachte sogar laut, was in unserer Gegenwart wochenlang nicht mehr vorgekommen war! Ja, sie bewunderte ihn richtig. Ich staunte nicht schlecht, fragte mich allerdings, was es an ihm zu bewundern gab.

Sie schleppten gemeinsam einen vollgepackten Rucksack die Treppe runter und verstauten ihn in seinem Auto. Aus den Augenwinkeln beobachtete ich, wie Moni dabei andächtig seinem endlosen Gefasel über Lokalpolitik zuhörte und glücklich lächelte. Dass meine Tochter sich dafür interessierte, war mir völlig neu. Anschließend verschwanden beide in Monis Zimmer, und alles, was ich vernahm, war ein gleichmäßiges Murmeln.

Eigentlich hätte ich längst weg sein können, aber ich wartete verbissen, bis der Besucher sich verabschiedet hatte. Dann zog ich mir meinen Wintermantel über und meinte leichthin: »Soll ich dir etwas mitbringen, Moni? Ich gehe in das neue Einkaufszentrum, da gibt es ein paar tolle Geschäfte.« Ich verkniff mir, sie noch einmal zu fragen, ob sie nicht doch noch mitgehen wollte. Ich fragte auch nicht, was in dem vollgepackten Rucksack steckte, mit dem dieser Markus weggefahren war.

Moni wollte nichts haben. Ich eigentlich auch nicht. Lustlos fuhr ich weg, lustlos ging ich von Laden zu Laden. In den Kaufhäusern herrschte organisierte Fröhlichkeit. Pappnasen und Masken lagen auf Grabbeltischen, die Schaufenster waren voller Flitterkostüme, Karnevalsmusik dröhnte aus den Lautsprechern. Aus lauter Langeweile probierte ich ein paar Kleider an, aber in dieser Saison war mir alles viel zu eng geschnitten. Noch ein Klecks Senf dazu, dann hätte ich mich vollends wie eine Frankfurter Wurst gefühlt.

Als ich endlich wieder zurück war, zog ich die unbequemen Schuhe und Klamotten aus und meine liebsten Wohlfühlsachen an. Es war früher Nachmittag und sehr still im Haus. Die einsetzende Dämmerung tauchte alles in diffuses Licht. Oma war heute bei einer älteren Dame im Dorf zum Kaffee eingeladen, Christoph und die Jungs würden erst später wiederkommen. Ich ging nach oben, um zu sehen, was Moni machte.

Ich klopfte, und als keine Antwort kam, öffnete ich die Tür. Das Zimmer war so aufgeräumt wie nie vorher. Erstaunlich, welch einen Ordnungssinn sie plötzlich entwickelte, das passte eigentlich gar nicht zu ihr. Offenbar war sie irgendwo hingegangen. Ich wollte schon wieder rausgehen, als ich auf ihrem leeren Schreibtisch einen weißen Umschlag liegen sah. Der Anblick versetzte mir einen Stich, eine Ahnung durchfuhr mich. Ich schreckte zurück, hätte am liebsten wieder weggeguckt. Aber *dann griff meine Hand danach und ich las: »An Mama und Papa« und wusste, was darin stand.*

Ich sass auf ihrem Bett und las den Text immer wieder, als könnte ich irgendeine Botschaft zwischen den Zeilen entdecken. Das schwindende Licht ließ alles vor meinen Augen verschwimmen. Die Nachricht war kurz und nüchtern:

»Ich bin ausgezogen, weil ich für ein paar Monate oder länger bei Annette wohnen möchte. Sie hat ein extra Zimmer und will auch kein Geld dafür. Ich glaube, das ist für uns alle am besten. Könnt Ihr mir monatlich einen Scheck schicken für die Unkosten, die ich euch normalerweise mache? Ich kann mir was dazu verdienen in einer Bar. Tut mir bitte den Gefallen und kommt nicht her. Ich melde mich bei euch. Moni«

Ich weiss nicht, wie lange ich auf dem Bett sass. Vor meinen blinden Augen tanzten Bilder von einem kleinen tollpatschigen Mädchen, das ich in meinen Armen auffing, es küsste und umherwirbelte, bis es laut aufjauchzte. Ich hörte Monis Kinderlachen, als wäre sie hier im Raum mit mir, hörte wie sie »Mami« schrie und mich aufforderte, ihr nachzulaufen. Ich sah sie mit ihrem Vater auf dem Fussboden rumtoben, Purzelbäume schlagen oder auf seinen Schultern balancieren. Ihre Freudenschreie tönten in meinen Ohren, wenn sie sich vor ihren Brüdern versteckte und sie zum Suchen aufforderte. Ich sah sie mit Fieber im Bett liegen, ihr kleines Gesicht heiß und rot, ganze Nächte lang hatten Christoph und ich an ihrem Bett gewacht, bis die Krankheit vorüber war. Ich weiß noch, wie aufregend es war, als Nico und Dirk ihre kleine Schwester zum ersten Mal sahen. Wie sie über die kleinen Finger und das winzige Gesicht staunten, wie stolz sie waren! Ja, Moni war viel geliebt, vom ersten Tag an bis jetzt, auch wenn die Liebe für eine erwachsene Toch-

ter andere Formen annahm. Aber sie war niemals schwächer geworden, nein, ganz im Gegenteil.

Jemand schloss die Haustür auf, und dann hörte ich meine Schwiegermutter rufen und, als keine Antwort kam, Selbstgespräche führen. Nur jetzt nicht mit ihr reden müssen! Mir war, als könnte ich die Vergangenheit festhalten, wenn ich mich nicht rührte. Ich wollte Moni noch ein bisschen für mich allein haben, sie in meiner Fantasie sehen und hören und alle schönen Erinnerungen noch einmal durchleben.

Aber es dauerte nicht lange, da hielt ein Auto vor dem Haus und die Wirklichkeit ließ sich nicht länger verdrängen. Das war Christoph, der aus irgendwelchen Gründen früher heimkam. Gleich danach röhrte der alte Bus heran, also waren auch Nico und Dirk eingetroffen. Ich wischte mir das Gesicht ab, strich mir die Haare glatt und versuchte einigermaßen normal dreinzuschauen, als ich mit dem Brief in der Hand die Treppe runterging.

Christoph konnte ich nichts vormachen. Er nahm mich in die Arme und drückte mich an sich: »Was ist los, mein Liebling?«

Ich reichte ihm den Brief und sah, wie sich sein Gesicht veränderte, als er Monis Zeilen las.

»Was habt ihr denn?«, fragte Nico.

»Hier ist ja richtige Weltuntergangsstimmung«, beschwerte sich Dirk und fügte noch schnell hinzu: »Ich hab so'n Hunger! Was gibt's zu essen?«

»Moni ist ausgezogen«, sagte Christoph knapp.

»Wirklich? Das hätte ich ihr nicht zugetraut«, meinte Nico.

»Na ja, jeder muss halt seine Erfahrungen machen«, kommentierte Dirk. Als er sah, dass mir die Tränen übers Gesicht

liefen, legte den Arm um mich. »Ach, Maam, sei doch nicht so traurig. Ist doch nicht so schlimm, sie wird es schon schaffen.«

»Aber warum? Ohne ein Wort zu sagen ist sie heimlich weggegangen. Ich verstehe das nicht.«

Nico zuckte die Schultern. »Mädchen sind eben komisch. Sie war sowieso mit nichts mehr zufrieden. An allem hat sie rumgemeckert in letzter Zeit. Man konnte überhaupt nicht mehr mit ihr reden.«

»Stimmt genau«, bestätigte Dirk. »Nimm es nicht so schwer, Maam. Vielleicht kommt sie ja wieder zurück.«

Christoph hatte bisher kein Wort gesagt, nickte jetzt aber. Ich wusste, dass er Haltung bewahrte, um mir zu helfen. Aber in seinem Innern rumorte es sicherlich ebenso wie bei mir. Moni war sein Liebling, manchmal hätte ich glatt eifersüchtig werden können, so gut verstanden sich die beiden früher immer.

Wie ein lebloser Automat schob ich ein paar tiefgekühlte Pizzen in den Ofen und schnippelte ein paar Salatblätter zurecht. Christoph und ich aßen kaum, aber die Jungs hatten ihren Appetit nicht verloren. Wir sprachen über Annette und ihren Einfluss auf Moni, fragten uns auch, welche Fehler wir gemacht hatten und wann wohl alles angefangen hatte. Als ich Monis Absicht erwähnte, sich Geld in einer Bar zu verdienen, zuckte Christoph zusammen. Warum musste es ausgerechnet eine Bar sein! Er wurde ruhiger, als Dirk meinte: »Moni wird da servieren oder vielleicht putzen.«

Ich spürte, wie wir an diesem Abend innerlich zusammenrückten, als müssten wir vier jetzt die Lücke schließen. Ich konnte mir nicht vorstellen, dass eines Tages nur noch Christoph und ich an diesem Tisch sitzen würden. Aber auch an den Gedanken musste ich mich wohl langsam gewöhnen. Doch noch war es nicht so weit, noch waren wir zusammen, noch waren wir eine Familie, die füreinander da ist.

7.

Es klopfte und Elke Schraders Kopf erschien im Türspalt. »Kaffee?«

»Seit wann fragst du?«, grollte ich.

»Na ja, wenn ich da an gestern denke!« Sie balancierte vorsichtig den dampfenden Kaffeebecher zu mir herüber.

»Gestern war gestern. Heute bin ich wieder ganz der Alte.«

»Der Alte oder derselbe?«, flachste sie und stellte mir den Becher hin. »Hat sie sich gemeldet?«

»Hat sie nicht! Aber Marga konnte es natürlich nicht lassen; sie musste anrufen.«

»Und was sagt Moni?«

»Sie sagt, wir sollten nicht so tun, als ob die Welt untergegangen wäre. Dies sei ein Selbstfindungsprozess, und je öfter wir anriefen, desto länger würde er dauern.«

Elke nickte mit einem wissenden Lächeln. »Das hat Uwe auch gesagt, als er auszog. Allerdings hat er nicht nur sich gefunden, sondern auch noch eine junge Frau mit zwei Kindern. So schnell kann man Oma werden. Hast du was dagegen, wenn ich meinen Kaffee hole?«

»Tu dir keinen Zwang an, ich hab sowieso keine Lust heute.«

»Von wegen! Anruf bei Dr. Schmittke, Punkt zehn!«, sagte sie beim Hinausgehen. »Frau Ehrenreich hat mich deswegen gleich zweimal angerufen – gestern Abend und heute Morgen um halb acht! Die Arme weiß kaum noch, wo ihr der Kopf steht.«

»Wer weiß das schon«, seufzte ich in meine Kaffeetasse, während ich ihr durchaus dankbar nachsah. Elke war wie ich schon Jahrzehnte in unserem Laden und kannte sich in den entscheidenden Vorzimmern des Konzerns aus wie keine zweite. Dass sie ihren Treueeid auf Otto Schwanitz inzwischen ungeschmälert auf mich übertragen hatte, verdankte ich aber wahrscheinlich in erster Linie Marga. Meine Frau sei ja ein wahrer Engel, hatte sie mir auf meiner Einstandsparty damals anerkennend anvertraut. Leider in dem Augenblick, als ich flammenden Auges zusehen musste, wie sich mein Engel beim Tango widerstandslos von Albert aus dem Reifenlager in die provokantesten Figuren drehen ließ. Natürlich hatte sie anschließend alles abgestritten. Es sei ihr selbst sehr, sehr unangenehm gewesen. Ha!

»Wo bleibst du?«, rief ich.

»Bin am Computer! Die Lohnbuchhaltung schickt gerade die neuen Gehälter rüber!«

Ah ja, die neuen Gehälter. Der Konzern hatte seine freiwilligen Kinderzuschüsse rückwirkend zum 1. Februar erhöht – 14 Euro 75 mehr für Moni. Was heißt, für Moni? Für uns! Wer hatte sich denn ein ganzes Leben lang krumm gelegt für die lieben Kleinen? Und dann kriegt man zu hören, wir hätten ihr nicht einmal den Führerschein bezahlt, Nico fahre Auto, Dirk Motorrad ... Richtig, aber mit eigenem Geld! Und den Führerschein hatte sie unbedingt selbst bezahlen wollen, tut jetzt aber so, als wäre sie sonst nie zu einem gekommen. Was war bloß in sie gefahren?

»Christoph!«, meldete Elke sich aus dem Vorzimmer. »Das wird nichts mehr mit uns, das dauert hier länger.«

»Schon gut, ich muss sowieso gleich Schmisske anrufen.«

»Ich verbinde.«

»Unsinn!«

»Doch! Niederlassungsleiter lassen wählen, das gehört sich so«, entschied sie.

Ich nahm einen Schluck Kaffee und wartete. Eine Minute später war er dran, das heißt, nicht gleich. Erst kam – wie es sich gehört – Frau Ehrenreich, die mir mit freudloser Stimme einen guten Morgen wünschte und mich bat, in der Leitung zu bleiben, denn Herr Direktor Dr. Schmittke führe noch ein anderes Gespräch. Ich nahm noch einen Schluck, legte die Füße auf den Schreibtisch und versuchte, nicht mehr an Moni zu denken.

»Ja!«

»Hallo, Arno. Hier ist Christoph, ich sollte um zehn anrufen.«

»Richtig. Nun pass mal auf: Ich habe zugespielt bekommen, dass ›Blümchen‹ gefährdet ist.«

Ich bekam augenblicklich Magendrücken. »Aber Arno – die haben uns doch ... Warte mal ...« Ich blätterte hastig in meinem Terminkalender. »Hier, Montag, 17. Januar ... Die Vereinbarung war, dass wir aus dem Schneider sind, sie aber noch was am Design ändern wollen.«

»Das brauchst du mir nicht zu erzählen. Ich war ja dabei!«

»Da ist doch was faul! Das ist ein Trick, um noch mal unsere Kalkulation zu kippen!«

»Offiziell weiß ich von nichts. Aber wir haben keine Zeit zu verlieren. Lass deine Verbindungen spielen, ich gebe dir drei Tage«, sagte er und legte auf.

»Noch einen Kaffee?« Elke kam mit der Thermoskanne ins Zimmer.

Ich schob ihr meine Tasse hin. »Es hat geknallt«, sagte ich, während sie nachfüllte.

»Schlimm?«

»Nicht ungefährlich. Irgendjemand will uns bei ›Blümchen‹ rausdrücken.«

»Aber ich denke, das ist längst gelaufen.«

»Das dachte ich auch. Na, mal sehen ... Was sagt denn mein Terminkalender?«

Elke hatte alles im Kopf: »Heute Bürotag, morgen die beiden Besuche in Koblenz und Kaiserslautern, übermorgen Regionalkonferenz in Ulm, Freitag ...«

»Reicht nicht mehr! Dann also heute oder nie.« Ich griff schon zum Telefon.

»Viel Glück, Chef«, sagte sie an der Tür.

»Das wünsche ich dir auch«, knurrte ich. »So einen wie mich kriegst du nämlich nicht so schnell wieder.«

Es fing aber gar nicht gut an. Der Mann, den ich gern gesprochen hätte, befand sich auf einer Auslandsreise und würde erst am Donnerstag wieder im Büro sein. Ich kam mir vor wie ein Rennwagen, der gleich nach dem Start in der ersten Kurve im Kiesbett stecken bleibt. Was jetzt? Wenn mich mein Berufsleben eins gelehrt hatte, dann das: Gehe nie zu Schmidtchen, sondern grundsätzlich zu Schmidt. Mein »Schmidt« wäre der Projektdirektor Dr. Schlösser gewesen, auch weil zwischen uns, wie man so sagt, die Chemie stimmte und wir uns in all den Monaten der Planungsphase gut verstanden hatten.

Ich überlegte. Was hatte Arno gesagt? Eigentlich gar

nichts. Was hatte ich gesagt? Dass sie die Kalkulation kippen wollten! Ja, wieso war ich eigentlich darauf gekommen? Weil es in solchen Fällen immer das Naheliegendste ist! Dann wäre es allerdings ebenso naheliegend, ausnahmsweise doch nach möglichen »Schmidtchens« Ausschau zu halten; denn die Jungs mit dem spitzen Bleistift flogen in den allermeisten Fällen nicht in Flugzeugen herum, sondern saßen an ihren Computern. Sicher auch der nette Herr Ammon, der mir schon öfter durch einen dezenten Tipp die Nachbesserung eines Angebots ermöglicht hatte.

Versuch macht klug, entschied ich. Außerdem musste ich irgendwie aus dem Kiesbett heraus. Beim ersten Anruf war Herr Ammon in einer Besprechung, beim zweiten in der Mittagspause, und als ich ihn schließlich gegen 14 Uhr 30 erwischte, hatte er zunächst Bedenken, mir weiterzuhelfen. Ich entschloss mich, an sein Mitgefühl zu appellieren. Er wisse doch, wie oft wir gemeinsam zum Vorteil unserer beiderseitigen Arbeitgeber gehandelt hätten, nicht zuletzt auch bei »Blümchen« .

»Ich will ehrlich sein«, schloss ich. »Wenn jetzt noch, eigentlich schon fünf nach zwölf, jemand bei euch die Kalkulation wieder aufrollen will, dann kann ich meinen Kopf gleich daneben legen, ich meine auf das Tablett. Das ist nicht fair! Ich habe nie mit verdeckten Karten gespielt!«

»Von uns kommt das nicht, Herr Koch«, sagte er. »Ich bin auch ganz sicher, dass es nichts mit der Kalkulation zu tun hat.«

»Sie sind sicher?«

»Ganz sicher. Die gesamte Kostenaufschlüsselung ist

längst von ganz oben abgesegnet. Das darf ich Ihnen ruhig sagen.«

»Ja, aber was ist es dann?«

»Jedenfalls nicht die Kalkulation.«

»Nicht die Kalkulation!«, echote ich ratlos.

»Es geht um Designfragen – auch Farben. Mehr kann ich Ihnen nicht sagen.«

»Beim Reifen?«

»Es tut mir Leid, Herr Koch, aber weiter geht ...«

»Ich verstehe schon. Haben Sie vielen Dank, Herr Ammon.«

Also Designfragen. Das war ja auch schon im Januar das Argument gewesen. Aber was hatten wir mit Design zu tun? Reifen waren schwarz, schmutzig und rund und eigentlich nur dann von Bedeutung, wenn sie platt waren. Das war eben das Problem: Unsere Ingenieure bastelten sich halbtot an immer neuen Profilvarianten, aber das fiel ja alles nicht auf. Mit dem Erscheinungsbild eines Reifens war kein Staat zu machen. Moment mal! Moment mal! Moment mal! Das war nicht immer so gewesen. Ich erinnerte mich noch an Zeiten, als die Papis vor dem Haus nicht nur das Auto blank putzten, sondern auch die Reifen! Ich überlegte nicht länger. Meinem Impuls folgend griff ich zum Telefon und hatte Glück, er war da.

»Arno, die Kalkulation ist es nicht. Meine Quelle ist zuverlässig.«

»Das ist sicher?«

»Ja. Und ich habe eine Idee, wie wir den Knoten durchhauen könnten. Stichwort Design.«

»Rede deutlicher.«

Ich holte Luft. »Es würde doch nicht lange dauern, eine kleine Fertigungsstraße für Weißwandreifen aufzubauen …«

»Weißwandreifen? Sag mal, spinnst du?«

»Bleib ganz ruhig, Arno. Denk mal dreißig Jahre zurück – das war ein großes Geschäft! Wir haben damals doch eine komplette Anlage gut gefettet eingemottet. Auf jeden Fall könnten wir …«

»Du bist verrückt!«

»Die Stückzahlen, die wir für den Anfang brauchen«, sagte ich vollkommen unbeirrt, »wären kein Problem. Und wenn ›Blümchen‹ ein Erfolg wird, vergrößern wir. Wie hört sich das an?«

»Hast du einen Tipp bekommen oder ist es ein Schuss ins Blaue?«

»Nur ein Schuss ins Blaue, aber ich sage dir – Frauen, Farben, Schnickschnack, Nostalgie. Es würde alles passen. Designer sind verrückt und romantisch. Arno, was können wir verlieren, wenn die merken, dass wir nicht nur rechnen können, sondern auch mal Ideen haben?«

Einen Augenblick herrschte Stille am anderen Ende. »Also gut«, sagte er dann. »Nehmen wir an, du hättest mich überzeugt, was schlägst du vor?«

»Am Donnerstag ist der Projektdirektor wieder an seinem Schreibtisch. Ich könnte noch gleich jetzt anrufen und einen Termin machen – aber für uns beide. Da musst du mit. Stell dir vor, ein Auto mit Weißwandreifen!«

»Donnerstag? Da haben wir Regionalkonferenz in Ulm.«

»Dann verschieb sie, Arno!«

Wieder zehn Sekunden Schweigen und dann: »Mach den Termin! Good luck, Christoph.«

Ich musste grinsen. Seit sich Arno aufs Englische verlegt hatte, ging es irgendwie einfacher mit ihm. Und dann klappte es auch noch mit dem Termin. Wer sagt denn, dass ein altes Zirkuspferd keine neuen Kunststücke mehr lernen kann? Dieser Tag, der so dumpf begonnen hatte, war also doch noch gut gegangen. Ich fühlte mich sauwohl.

* * *

Marga hatte sich den ganzen Tag nicht gemeldet. Sie rief ohnehin so gut wie nie an, doch angesichts der besonderen Umstände hätte sie es heute sicher getan, falls von oder über Moni Neuigkeiten gekommen wären. Am liebsten würde auch sie in irgendeinem Büro verschwinden, hatte sie mir beim Frühstück mitgeteilt. Alle flögen aus, sie aber hätte nichts, um sich abzulenken; es sei einfach alles schrecklich unfair. Ich hatte sie in die Arme genommen, doch das war ihr auch nicht recht gewesen. Ehrlich gesagt, ich fand, sie nahm das alles ein bisschen zu tragisch.

Andererseits musste ich eingestehen, dass ich viel zu selten zu Hause war. Als mir diese Gedanken kurz nach siebzehn Uhr durch den Kopf gingen, beschloss ich, wenigstens von diesem einzigen freien Abend der Woche keine weitere Minute mehr zu vergeuden. Elke rief mir nach, ich solle schön grüßen und meine Frau mal wieder ausführen. Keine schlechte Idee.

Vor unserer Haustür warteten Wolfgang Märtens und eine Frau. Noch während ich aus dem Auto stieg, trat Marga aus der Tür, und ich hörte Wolfgang sagen: »Marga, ich möchte Sie mit meiner Frau bekannt machen. Gisela, Meiks Mutter – Marga, Christophs Frau.« Er wandte sich zu mir um. »Hallo, Christoph! Schön, dass du auch da bist.«

»Hallo, Gisela«, sagte ich. Das also war Meiks Mutter. Sie war etwa in Margas Alter und auch ein ähnlicher Typ, was Wolfgangs Schwäche für meine ahnungslose Gattin nachträglich weniger verdächtig machte. »Ich freue mich wirklich sehr«, fügte ich deshalb ehrlich hinzu.

»Stellt euch vor«, platzte Wolfgang heraus. »Wir wissen, wo Meik ist! Vor einer Stunde hat er sich gemeldet!«

»O, das ist ja wunderbar!« Marga griff spontan nach Giselas Händen und drückte sie. »Wie müssen Sie sich freuen!«

»Schluss mit der Siezerei!«, rief Wolfgang. »Ihr habt uns so sehr geholfen, wir sind doch Freunde.«

Wir lachten, ja das war eine gute Nachricht, auch für uns. Marga bat die beiden hereinzukommen.

»Aber nur für einen Augenblick«, schränkte Gisela ein. »Wir fahren gleich nach Oberursel. Ich hab ihn doch schon fast ein halbes Jahr nicht mehr gesehen.«

»Wir wissen noch nicht viel«, erklärte Wolfgang weiter. »Er ist in einer privaten Gruppe, die offenbar mit Kirche zu tun hat. Sie haben ihn vor drei Tagen in Frankfurt aufgelesen. Sie helfen Junkies beim Entzug, sofern die wollen. Meik wollte, er ging sogar gern mit, hat der Leiter gesagt. Und heute hat er endgültig zugestimmt zu bleiben. Meik hat es uns selbst hoch und heilig versprochen. Und wisst ihr auch, wie das kam? Erst war nämlich nur der Leiter am Telefon, und ich sagte, dass gerade Meiks Mutter neben mir steht. Das hatte Meik wohl mitgehört. Na, ich kann euch sagen, das war eine Überraschung!« Wolfgang schien fix und fertig, aber sehr glücklich zu sein.

»Wie ist es«, schlug ich vor. »Darf ich euch zur Feier des Tages wenigstens einen kleinen Schluck anbieten?«

Wolfgang schüttelte den Kopf. »Ihr werdet es nicht glauben, ich trinke nicht mehr.«

»Wirklich?«, freute sich Marga.

Gisela lächelte. »Er hat es mir jedenfalls fest zugesagt.«

»Wir wollen es wieder zusammen versuchen«, sagte Wolfgang. »Gisela ist schon seit ein paar Tagen wieder bei mir, doch diesmal soll es für immer sein. Ich weiß jetzt, was ich zu verlieren hätte.«

»Das ist ja großartig!«, rief ich aus. Ich bin über jeden Mann in unserer Bekanntschaft begeistert, der in festen Händen ist. »Mach nur so weiter, Wolfgang, dann nimmst du noch am nächsten New York-Marathon teil!«

»Aber nur mit dir!«

»Logisch. Und mit Karl Fuchs, unserem Super-Senior, der muss auch mit!«

Wir lachten so ausgelassen, wie uns zu Mute war. Da fiel mir noch etwas ein. »Wolfgang, bevor ihr geht – Meiks Bücher sind noch hier. Wir haben sie beim letzten Mal glatt vergessen.«

Als ich sie auf den Tisch legte, sah Gisela die Kinderbibel und wechselte einen Blick mit Wolfgang.

»Ja, die hat er immer noch«, sagte er und legte seinen

Arm um ihre Schultern. Er wandte sich an uns: »Das war auch eins unserer Probleme. Gisela glaubt an Gott, und wollte, dass wir Meik so erziehen. Sie hat es auch getan, aber ich hatte damit nichts am Hut und außerdem – ich hatte eine lange Karriere mit der Whiskyflasche. Das Komische war, dass Meik seiner Mutter nie verzeihen wollte, dass sie mich wegen der Trinkerei verließ. Man sollte nicht glauben, wie rigoros Kinder sein können.«

Das war das Stichwort für Marga. Die beiden sahen nicht, wie sie zusammenzuckte, sie wussten ja nichts von Moni, doch ich handelte blitzschnell. »Also gut, ihr zwei. Wir bedanken uns, dass ihr vorbeigekommen seid, aber jetzt raus mit euch. Meik wartet!«

»Du hast Recht«, sagte Wolfgang. »Aber wir kommen wieder. Ich muss euch doch noch meine neue CD verehren. Wenn ihr mir nicht für Berlin den Rücken freigehalten hättet ...«

»Ja, ja«, unterbrach ich ihn. »Etcetera, etcetera, etcetera. Und grüßt Meik von uns!«

Dann waren sie draußen. Marga und ich sahen uns an. Wir dachten wohl beide dasselbe. Noch vor wenigen Wochen war unsere Welt so wunderschön gewesen, aber nun hatten auch wir unser Fett abbekommen. »Weißt du was«, sagte ich, um sie abzulenken. »Lass uns essen gehen. Dann kann ich dir ganz in Ruhe erzählen, was heute im Büro passiert ist. Weißt du, ich muss morgen weg und bleibe auch über Nacht. Vielleicht werden es sogar zwei Nächte, möglicherweise sogar drei, denn am Freitag ...«

»Schon gut, Liebling, lass nur, ich glaube, ich mag gar nicht.«

Ich nahm sie in die Arme. »Was ist los mit dir, Schatz? Du darfst das alles nicht so tragisch nehmen.«

»Es ist ja gar nicht nur wegen Moni. Ich fühle mich einfach nicht so, wie ich möchte.«

»Hat das was mit mir zu tun?«

Marga stellte sich auf die Zehenspitzen und gab mir einen Kuss. »Genügt das als Antwort?«

Vom Flur her hörte ich Schritte. Gleich darauf stand Mama im Wohnzimmer. »Ich habe Kartoffelpuffer gebacken, Junge. Du magst sie doch so gern. Apfelmus ist auch da. Kommst du?«

»Mama«, sagte ich. »Das ist sehr nett von dir, aber ich bin verheiratet. Darf meine Frau mitkommen?«

Sie sah Marga fragend an. »Magst du Kartoffelpuffer?«

»Aber Mama«, sprang ich gleich noch mal ein. »Wir haben bei dir doch schon oft Kartoffelpuffer gegessen.«

»Bei mir? Das ist das Neueste, was ich höre!« Sie sah dabei so ratlos aus, dass Marga sie lächelnd an sich drückte.

»Schon gut, Mama«, tröstete sie sie. »Wir müssen aber auch noch ein paar für Nico und Dirk übriglassen, die sind doch ganz wild darauf.«

Mama nickte zwar, doch man sah ihr an, dass sie im Augenblick keine Ahnung hatte, wer Nico und Dirk waren.

Ich langte später trotzdem tüchtig zu. Leider häufiger, als mir gut tat, denn die halbe Nacht hatte ich das Gefühl, mein Bauch sei ein Fußball. So begann ich am nächsten Morgen ziemlich schlapp und müde die vielleicht wichtigste Geschäftsreise meines Lebens. Aber erst, nachdem ich Marga beim Kaffee noch erzählt hatte, weshalb sie so wichtig war.

»Sag mal, ich erzähle dir hier die spannendsten Sachen – und was machst du? Nichts! Du bist mit einem Genie verheiratet! Wo bleibt deine Bewunderung?«

»Tut mir Leid, Schatz.« Sie nippte an ihrem Kaffee und lächelte mir über den Tassenrand zu. »Ehrlich gesagt, habe ich mir gerade überlegt, ob ich nicht doch mal zum Arzt gehe.«

»Das ist eine gute Idee«, stimmt ich zu. »Lass dir ein paar ordentliche Vitaminspritzen verpassen! Und am Samstag gehst du mit zum Trimm Treff, damit du mal auf andere Gedanken kommst.«

8.

Als ich die Tür zum Wartezimmer öffnete, hätte ich am liebsten gleich wieder kehrt gemacht. Alles voll – Frauen jeglichen Alters, aber auch einige Männer, die ihre Partnerinnen begleiteten. Ich kämpfte meinen Widerwillen nieder und suchte mir einen Platz in der äußersten Ecke. Es gab nichts Unangenehmeres für mich als ein Besuch beim Frauenarzt. Wahrscheinlich würde ich mich nie daran gewöhnen, meine intimsten Körperteile vor einem Fremden zu entblößen, auch wenn ich mir noch so oft sagte, dass ich ja nichts weiter als ein Untersuchungsobjekt bin. Daran hatten auch drei Geburten mit regelmäßigen Kontrollen nichts geändert.

Das Wartezimmer leerte sich erstaunlich schnell und dann wurde mein Name aufgerufen. Ärzte, die sich tagein, tagaus mit weiblichen Genitalien beschäftigen, haben längst aufgehört, Frauen als Frauen zu betrachten, tröstete ich mich und war erleichtert, einen Arzt älteren Jahrgangs vor mir zu haben. Er begrüßte mich sachlich freundlich, mit angedeutetem Berufslächeln. Ich zählte meine Beschwerden auf und beantwortete seine Fragen so exakt wie möglich. Dann begann der unangenehme Teil.

»Bitte nicht so verkrampfen«, mahnte er, als ich auf dem schrecklichen Stuhl lag und die Augen fest geschlossen hielt. Das Klicken der Metallbestecke, die kurzen Anweisungen an die Assistentin, es klang alles beruhigend nüchtern und half mir, meinen Körper zu entspannen. Ich wartete auf irgendeinen Kommentar oder eine Erklärung, aber dem Arzt entfuhr weiter nichts als ein bedenkliches »Aha«. Er schien sich nicht sicher zu sein, was mit mir los war.

»Wir untersuchen erst noch Ihren Urin«, meinte er und reichte mich an sein Hilfspersonal weiter.

Danach saß ich wieder im Wartezimmer und blätterte in Illustrierten. Natürlich macht er eine Urinuntersuchung, schon wegen seiner Abrechnung mit der Krankenkasse, sagte ich mir. Wahrscheinlich verdient er damit mehr als mit einer simplen Untersuchung. Mal sehen, was ihm sonst noch einfällt. Eigentlich wollte ich für einen gründlichen Checkup zuerst einen praktischen Arzt aufsuchen, aber hier hatte ich den schnelleren Termin bekommen. Die Routineuntersuchung beim Frauenarzt war für mich ohnehin längst überfällig.

Es dauerte ziemlich lange, bevor ich endlich wieder hereingerufen wurde.

Der Arzt blickte auf seine Papiere und sagte: »Frau Koch, Sie sind sechsundvierzig Jahre alt, wie ich sehe.« Er sagte es so, als sei das bedeutungsvoll.

Ich nickte.

»Sie sind schwanger!«

»Schwanger!«

Wie ein Pistolenschuss fuhr das Wort durch meinen Kopf … wie ein Keulenschlag mitten in mein Gemüt … wie Blitz und Donner oder Erdbeben oder ein Vulkanausbruch.

Ich schluckte schwer. »Sind Sie sicher?«, brachte ich mühsam hervor.

»Ja, da gibt es keinen Zweifel. Die Urinprobe zeigt es ganz deutlich und alle anderen Anzeichen sind ebenfalls da. Hatten Sie das denn nicht schon selbst gemerkt?«

Alles wirbelte durcheinander in mir – tausend Fragen, Verwunderung, Unglauben. Wieso war ich so ahnungslos gewesen? Oder hatte ich es nicht doch geahnt, aber nicht für möglich gehalten? Was werden die Kinder dazu sagen? Was wird Christoph sagen?

»Nein … Ja. Ich hatte Veränderungen gespürt«, sagte ich. »Aber ich dachte, das würde alles mit dem Klimakterium zusammenhängen.«

Er schüttelte den Kopf und schwieg. Ich war dankbar für die Atempause und versuchte den Schock zu verdauen. Ich spürte, wie der Arzt mich forschend ansah, fast ein wenig mitleidig. Nun schien ich doch mehr als ein Untersuchungsobjekt zu sein.

»Sie haben drei Kinder?«, fragte er.

Ich nickte.

»Machen Sie sich keine Sorgen, Frau Koch«, meinte er dann beruhigend. »Wir können sofort einen Termin machen für …«, er blätterte in seinem Notizbuch und griff nach dem Telefonhörer. »Für den Abbruch.«

»Abbruch? Sie meinen Abtreibung?«

»Ja natürlich! In Ihrem Alter ist ein Abbruch auf jeden Fall zu befürworten. Sie brauchen sich keine Gedanken darüber zu machen. Es ist alles ganz problemlos.«

Mir fehlten die Worte, nein mehr noch, mir fehlten die Gedanken – die nüchternen, klaren Gedanken. Das ging alles viel zu schnell! Erst seit ein paar Minuten wusste ich, dass ich ein Kind bekommen würde – und einen Atemzug später sollte ich es schon wieder verlieren! Nein, schlimmer noch, ich sollte es abtreiben! Ich konnte weder mit dem einen noch mit dem andern fertig werden. Ich musste erst mal darüber nachdenken …

Ich stotterte irgendetwas Unzusammenhängendes über »Entscheiden müssen« und stand auf.

»Warten Sie nicht zu lange«, hörte ich noch den Arzt sagen, bevor ich die Tür hinter mir zufallen ließ.

Draußen war es dämmrig grau. Ein kalter, scharfer Wind blies mir ins Gesicht. Ich wünschte, er würde alles wegwehen, nicht nur die letzte Stunde, nein, auch die letzten Wochen meines bisherigen Lebens. »Der Wind, der Wind, das himmlische Kind«, hatten Hänsel und Gretel gesagt. Aber dann hatte die Hexe sie doch gefangen. Auch mir konnte der Wind nicht helfen. Niemand konnte mir die schweren Felsbrocken von der Seele blasen.

An meinem Käfer angelangt, ließ ich erst mal den Tränen freien Lauf. Ich wusste nicht, warum ich heulte, es tat mir einfach gut, alles rauszulassen. Ein paar Passanten drehten sich verwundert nach mir um. Die hatten ja keine Ahnung, wie schnell sich ein geordnetes Leben durcheinanderbringen ließ!

Der Verkehr lenkte mich ab, wohltuend ab – aber nicht für lange. Als ich gerade die Haustür unseres Doppelhauses öffnen wollte, hörte ich Stimmen. Ach ja, meine Schwiegermutter hatte heute Nachmittag Besuch zum Kaffee. Ich hatte es fast vergessen. Nur jetzt nicht so tun müssen, als sei die Welt in Ordnung! Zum Glück hatte Flipper mich noch nicht gehört und mit seinem Freudengebell verraten. Ich machte auf dem Absatz kehrt und schlich davon. Was jetzt? Wohin? Wenn Christoph doch nur da wäre! Aber der war schon vorgestern auf eine Geschäftsreise gegangen und würde erst morgen Abend wiederkommen. Bis dahin war er kaum zu erreichen. Er schien überhaupt so weit weg zu sein – nicht nur in Kilometern. Unser Leben lief in zwei getrennten Bahnen, er lebte in seiner Welt und ich in meiner. Wann würde sich das ändern – erst wenn wir alt und grau sind? Welch ein Trost, dass es Urlaube und Wochenenden gab, da hatten wir doch wenigstens Zeit für einander! Ich vermisste ihn so sehr, dass es fast wehtat. Aber jetzt musste ich mit irgendeinem Menschen reden, mir alles von der Seele reden, sonst erstickte ich.

Nebenan brannte Licht in der Küche. Wahrscheinlich war Pa-

mela gerade am Kochen. Es sah einladend aus. Ich drückte auf den Klingelknopf. Sie war allein und freute sich, mich zu sehen. Das tat gut! Sie erzählte von ihrem Bibeltreff heute Morgen und wie sehr es allen gefallen hatte. Ach ja, der war immer donnerstags, fiel mir ein. Alle ließen mich grüßen und würden sich freuen, wenn ich wiederkäme, berichtete sie. Und ob Meik denn an jenem Tag zurückgekommen wäre …

Meik? Ach ja, Meik. Ich hatte keine Lust und keine Kraft, jetzt darüber zu reden, nickte nur abwesend.

Inge Webers Sohn gehe es besser, berichtete Pamela, und Hanna Bergström würde nun endlich für zwei Wochen nach Norwegen reisen, weil ihre Schwiegermutter sich bereit erklärt hatte, die Kinder zu versorgen. Schon lange hatte sie sich darauf gefreut … Lauter Nachrichten aus einer heilen, unkomplizierten Welt.

»Ach ja, und weißt du was?« Pamela sah mich mit großen Augen an, ihre Zahnspange blitzte hell auf. »Meine Tochter Judy kommt für drei Wochen zu Besuch! Dann wird sie auch deine Moni kennen lernen. In ihrem College … Was ist, Marga? Habe ich etwas Falsches gesagt?«

Mir war plötzlich ein wenig schwindelig. Wahrscheinlich sah ich ziemlich blass aus, denn Pamela setzte sich zu mir aufs Sofa und legte besorgt die Arme um mich.

»Moni – ach – Moni ist ausgezogen.« Mir kamen schon wieder die Tränen. »Und ich bin schwanger!«

Nun war es heraus!

Pamela ließ mich los und sah mir in die verheulten Augen. »Marga, my dear Marga! Ist es wirklich wahr? Du bist schwanger?«

Ich nickte und schneuzte mich ausgiebig. »Ich komme gerade vom Arzt. Es gibt keinen Zweifel daran. Christoph weiß es noch nicht einmal. Er ist verreist und kommt erst morgen wieder.«

»Wie aufregend! Jetzt verstehe ich, dass du so ... so aufgewühlt bist. Ist es nicht wunderbar nach so vielen Jahren noch einmal ein Kind zu bekommen?«

»Wunderbar? O nein – es ist ein Schock!«

»Marga, verlier doch nicht den Mut! Vielleicht freut Christoph sich über die Nachricht – und eure Kinder auch. Sie bekommen noch einen kleinen Bruder oder eine kleine Schwester dazu! Deine Familie wird noch einmal richtig jung durch das neue Baby.«

»Ach Pamela ... ich bin sechsundvierzig. Noch mal ganz von vorn anfangen ...«

»Du wirst eine wunderbare Mutter sein.«

»Eine alte Mutter.«

»Nein, Marga, eine erfahrene Mutter, eine liebevolle, geduldige Mutter. Überleg doch nur, wie viel wir in zwanzig Jahren hinzugelernt haben ...«

»Ich bin eine solch großartige Mutter, dass meine eigene Tochter nichts mehr von mir wissen will. Pamela, du weißt ja gar nicht, was alles passiert ist in den letzten drei Wochen. Moni ist von zu Hause ausgezogen – einfach weggelaufen ...«

Ich berichtete und weinte und seufzte und erzählte weiter. Niemals vorher hatte ich mein Innerstes so rückhaltlos einer anderen Person preisgegeben – außer Christoph. Warum so alle Schranken fielen, wusste ich selbst nicht, wahrscheinlich hing es mit meinem Zustand zusammen. Oder damit, dass ich Pamela mehr vertraute als all meinen alten Freundinnen in Frankfurt. Sie hörte geduldig zu, unterbrach mich nur hin und wieder, um eine Frage zu stellen oder schüttelte fast unmerklich den Kopf, als würde sie das alles auch nicht verstehen.

»Moni wird wiederkommen«, sagte sie schließlich mit fester Stimme. Es hörte sich wie eine Tatsache an, an der nicht zu rütteln sei.

»O ja, sie wird sicher mal wieder kommen – wenn sie Geld braucht oder unsere Hilfe ...«

»Sie braucht Zeit zum Nachdenken, Marga. In ihrem Alter ist man innerlich so zerrissen, da wird man mit sich selbst nicht fertig. Sie wird schon zur Besinnung kommen.«

»Hoffentlich – hoffentlich bald. Die Tage sind doppelt so lang, seitdem sie weg ist. Am Telefon lässt sie sich verleugnen und nicht mal mit Dirk oder Nico spricht sie.«

»Hab Geduld, es wird bestimmt wieder alles gut werden.«

»Geduld! Geduld!« Meine Stimme klang so bitter, dass ich über mich selbst erschrak. War ich etwa auf dem Weg, so unausstehlich zu werden wie eine meiner ehemaligen Freundinnen? Nichts als Klagen hatte ich von ihr gehört, als ihr Mann sie vor ein paar Jahren verließ. Jedes Wort war bitter wie Galle gewesen. Nein, nur nicht so werden! Ich holte tief Luft und sagte: »Ja, du hast Recht. Es ist sinnlos, dass ich mich so verrückt mache.«

»So ist es richtig, Marga. Jetzt musst du an die Zukunft denken, an dein Baby ...«

Ich wehrte ab. »Baby! Zum Glück bin ich noch ganz am Anfang. Wahrscheinlich lasse ich einen Abbruch ...«

Pamela sah mich erschreckt an. »Marga – ach, tue es doch lieber nicht!«

»Der Arzt meinte, dass es in meinem Alter besser ist ...«

»Lass nicht den Arzt über Leben oder Tod entscheiden! Das steht ihm nicht zu – und uns doch auch nicht.«

»Das sagt sich so leicht, wenn man nicht selbst betroffen ist. Ich ... Ich weiß noch nicht, was ich tun werde. Erst muss ich

mit Christoph über alles reden. Hoffentlich kann mir seine Sekretärin sagen, wo ich ihn erreichen kann.«

»Natürlich musst du das.«

Wir schwiegen beide, als sei uns der Gesprächsstoff ausgegangen, dabei wirbelten die Gedanken nur so in meinem Kopf herum. Ich sah, dass es Pamela nicht viel anders ging. Sie schien jetzt fast so aufgewühlt zu sein wie ich. Warum nur? Konnte sie sich denn gar nicht in meine Lage versetzen? Sie schien mir keine Fanatikerin zu sein, sondern jemand, der unterscheiden konnte. Natürlich schlugen die Wellen hoch bei diesem Thema, das wusste ich nur zu gut. Auch ich empfand Abtreibung als unmoralisch – wie wohl die meisten Menschen –, wenn sie leichtfertig vorgenommen wurde. Aber es gab doch Ausnahmen, wo sie vertretbar war. Ist nicht mein Alter ein vernünftiger Grund? In den ersten paar Wochen handelte es sich ohnehin nur um ein paar Zellen, die aus dem Körper entfernt wurden.

Pamela griff nach meinen Händen und sagte: »Auch wenn du noch ganz am Anfang bist, ist doch schon alles vorhanden – alle Eigenschaften –, einfach alles. Solch ein neues Leben – das ist ein Wunder! Marga, nichts in unserem Leben ist Zufall. Es gibt keine Zufälle. Gott ist der Herr über Leben und Tod, und wenn wir dagegen handeln, kommt nichts Gutes dabei heraus. Ich wünschte, du würdest dich Gott anvertrauen, von ganzem Herzen. Er ist unser Vater und will für uns sorgen. Er weiß am besten, was gut für uns Menschenkinder ist. Er liebt uns mehr als wir es selbst begreifen können.«

So hatte ich Pamela noch nicht erlebt, so eindringlich und doch so liebevoll. Vor ein paar Monaten hätte mich solch eine Unterhaltung peinlich berührt, aber jetzt taten mir ihre Worte irgendwie gut, sie berührten etwas in meinem Innern. Ich hat-

te plötzlich den irrsinnigen Wunsch, mich einfach fallen zu lassen, alle meine Sorgen wegzuwerfen, wie ein Kind, das sich in die Arme seiner Mutter flüchtet. Es fühlte sich so wohl an, geborgen zu sein, nicht alles allein tragen zu müssen. Wie gut es doch Kinder haben, wenn sie mit ihrer Angst zu den Eltern laufen können! »Hilf mir Mama, hilf mir Papa«, brauchten sie nur zu sagen – und schon waren sie ihre Bürde los. Die Eltern übernahmen die Verantwortung, sie sorgten für ihre Kleinen, sie beschützten sie.

Aber ich, ich war kein Kind mehr, ich war erwachsen und konnte mir nicht vorstellen, in diese Rolle zurückzufallen. Wie sollte ich das überhaupt anstellen? Nein, das funktionierte nicht. Die Entscheidung musste ich selbst fällen, zusammen mit meinem Mann. Jeder Mensch musste geradestehen für alles, was er im Leben anstellte, jeder war für sich selbst verantwortlich.

Christoph würde Pamela sofort ein halbes Dutzend Fragen stellen: Wunder? Was war mit Retortenbabies? Zufall oder kein Zufall? Und dann die Sache mit Gott ... Ich wusste, dass er ihre Behauptungen alle zerpflücken könnte, wenn er wollte.

»Ich werde über alles nachdenken«, sagte ich schließlich und stand auf.

Pamela brachte mich zur Tür und versprach, mit keinem Menschen über meine Probleme zu reden – außer mit Gott.

9.

Freitagabend, Freitagnacht. Es ist zwei Uhr, und wir taten beide so, als schliefen wir. Sie hatte es mir schon gesagt, als ich nachmittags nach Hause gekommen war. Strahlend und bester Laune war ich zurückgekehrt, ein Sieger. Lorbeerkränze hatte ich mir verdient, Bewunderung, Küsse – und dann das! Nicht einmal eine halbe Stunde hatten wir Zeit gehabt, danach konnten wir nicht mehr reden, bis wir endlich kurz vor Mitternacht in unserem Schlafzimmer waren. Ich weiß nicht, wie ich die Stunden davor überstanden hatte. Ich weiß nicht, was wir in der letzten Stunde hier im Bett besprochen hatten. Ich weiß nur, dass meine Welt in Trümmern lag. Wegmachen, dachte ich, wegmachen!

Was für ein Wort, was für ein gemeines Wort, das war mir schon klar. Und doch war es der einzige Ausweg, die einzig mögliche und deshalb richtige Entscheidung. Wir hatten keine Wahl, alles andere wäre glatter Wahnsinn. Da war ich – neunundvierzig, das heißt uralt. Nicht mehr lange, und ich würde einer von diesen eigentlich völlig überflüssigen Senioren sein. Wie würde das aussehen: ein alter Graukopf mit einem Kind? Ich wäre die Lachnummer der Sandkästen und Klettergerüste. Das konnte und das wollte ich mir nicht antun! Nein und nochmals nein, niemals! Wenn ich sechzig bin, würde unser Kind elf sein, und wenn ich siebzig bin, einundzwanzig. Während des Studiums hatte ich einen Bekannten, dessen Vater fünfundsiebzig war. Der hatte mir richtig Leid getan, aber nicht nur das – er selbst hatte sich auch Leid getan. Er war nie so gewesen, wie wir anderen, nie so jung, nie so sorglos, nie so erwartungsvoll. Durfte man einem Kind so etwas antun?

Und dann unsere anderen – Nico, Dirk, Moni. Was sollten die von uns denken? Mein ganzes bisheriges Leben habe ich sie mit Stolz und Dankbarkeit in ihrer engen Dreierbeziehung erlebt. Ich sehe die Bilder noch immer vor mir: wie sie am Strand gemeinsam im Sand schaufeln, wie sie sich im Wohnzimmer kreischend balgen, wie wir alle kreuz und quer übereinander liegen, ein dickes Knäuel Glück. Und jetzt? Wie könnte ich noch springen, wenn ich kaum noch gehen kann? Wie könnte ich noch lachen, wenn mir die Alterstränen über rosige Backen rinnen? Nein, das durfte ich einem Kind nicht antun, dass es sich schämt, wenn die Kinder in der Schule mich Opa nennen. Wie könnte es noch zu mir aufsehen, auf mich stolz sein, mich unbeschwert lieben? Nein, man konnte die Zeit nicht aufhalten, und was von ihr noch blieb, das war zu wenig, das reichte nicht. Wir mussten verantwortlich handeln. Wir hatten gar keine andere Wahl.

Mein Kopf brummte, mein Mund war trocken. Ich stand auf, um ein Glas Wasser zu trinken. Ein Glas Wasser – oder besser gleich eine halbe Flasche Schnaps?

»Kannst du nicht schlafen?«, fragte Marga.

»Ich wollte nur was trinken. Aber was ist mit dir? Alles in Ordnung?«

»Es geht mir schon besser. Ich bin so froh, dass du endlich zu Hause bist«, sagte sie. Ihre Stimme klang aber so ratlos und klein, dass ich mich am liebsten zu ihr gelegt hätte, um sie zu trösten. Doch womit trösten?

»Wir schaffen es schon, Liebling«, tat ich zuversichtlich. »Du wirst sehen, eine Woche danach denken wir schon nicht mehr daran. Wir müssen vernünftig sein, alt genug sind wir ja.«

»Komm, halt mich fest.« Sie streckte die Arme nach mir aus.

»Gleich«, sagte ich. »Ich komme gleich.«

Und dann lagen wir nebeneinander und sie kuschelte sich an mich, und irgendwann merkte ich, dass sie schlief.

* * *

Am nächsten Morgen ging das Frühstück besser als gefürchtet über die Runden, sodass ich kurz entschlossen zum Trimm-Treff fuhr. Nach zwei geschwänzten Samstagen empfingen sie mich mit viel Hallo und dem üblichen Gefrotzel. Als ich Wolfgang sah, fiel mir ein Stein vom Herzen. Im Grunde war ich nämlich nur seinetwegen hergekommen. Ich brauchte dringend ein Gespräch von Mann zu Mann.

Adi hatte sich für heute eine Art Geländelauf ausgedacht. Ein paar Kilometer durch den nasskalten Forst seien gut für den Teint und die Lunge, meinte er, hob die Hand und rief: »Zuuu ... zweit!« Ich nutzte das kurzzeitige Durcheinander und angelte mir Wolfgang als Partner. Dann liefen wir los.

Zunächst musste ich allerdings Wolfgang reden lassen, der offenbar ebenso auf mich gewartet hatte, wie ich auf ihn. Meik ginge es von Tag zu Tag besser, erzählte er, und

Gisela sei einfach wunderbar. Sie kämen sich vor, als begönne alles noch einmal von vorn, auch die Liebe, besonders die Liebe. Ich dachte schon, damit das Stichwort für mein eigenes Mitteilungsbedürfnis gehört zu haben, als mir eigentlich zum ersten Mal auffiel, dass sein Gesichtsausdruck im Gegensatz zu den schönen Worten seltsam angespannt wirkte.

Vor uns formierte sich die Doppelreihe plötzlich zur Einerreihe, weil der Waldweg immer schmaler geworden war. So legten wir etwa fünfzig Meter schweigend hintereinander zurück, bis Wolfgang mir zurief: »Ich muss dir noch etwas Wichtiges sagen!«

»Ich dir auch!«, rief ich über die Schulter zurück.

Bald darauf schloss er wieder zu mir auf. »Meik hat uns gestanden, dass er deiner Mutter fünfhundert Mark gestohlen hat«, sagte er. »Habt ihr es nicht gewusst oder nichts gesagt?«

Noch während er redete, winkte ich ab. »Das hätten wir schon noch geklärt. Unsere Oma vermisst immer wieder Geld, weil sie es vor Einbrechern versteckt. Wir waren also gar nicht sicher, ob Meik es genommen hatte.«

»Jetzt weißt du es! Ich sage dir, wir waren wie vor den Kopf geschlagen. Ausgerechnet euch beklaut er ...«

»Wolfgang!«, unterbrach ich ihn. »Nun hör doch bloß auf! Was zählt ist doch, dass er reinen Tisch gemacht hat. Sag Meik, es ist alles in Ordnung, vergeben und vergessen. Und jetzt hör dir endlich mal an, was ich dir zu sagen ...«

Wolfgang blieb stehen und umarmte mich. »Ihr seid wirklich Freunde!«

Hinter uns liefen Emmy Trappe und Gertrud Habermann. »Nun sieh dir das an!«, rief Gertrud. »Zwei erwachsene Männer, das ist ja ekelhaft.«

Wir liefen lachend weiter – und weiter und weiter. Wolfgang redete von Meik und von Gisela und von Gisela und von Meik. Ich bekam einfach keine Chance, und nach einer Weile wollte ich auch keine mehr. Alles was ich jetzt noch wollte, war, möglichst schnell nach Haus zu kommen und bei Marga zu sein.

Auf dem Rückweg kam mir eine Gruppe älterer Spaziergänger entgegen – und innerhalb von einer Sekunde war ich wieder dort, wo ich in der letzten Nacht mit dem Grübeln aufgehört hatte. Ja, wenn wir es nötig hätten, wenn wir kinderlos geblieben wären, wie die Ehepaare, die alles versuchten, um doch noch ein Kind zu bekommen, ganz egal wie – aber wir? Wir mussten uns doch schon langsam an die Vorstellung von Enkeln gewöhnen! Wir waren wahrhaftig nicht verpflichtet, unser ganzes Leben umzustellen, nur weil uns ein kleiner Verkehrsunfall unterlaufen war. Das war überhaupt ein befreiender Gedanke. Ich musste der Situation nur die Bedeutungsschwere, das Schicksalhafte nehmen; das würde auch Marga helfen, vernünftig zu bleiben. Jetzt fühlte ich mich wieder wesentlich besser.

* * *

Nico und Dirk waren erst am Sonntagabend vom Snowboarden aus dem Schwarzwald zurückgekommen, und meine Mutter hatte sich am Wochenende die meiste Zeit in ihrem Zimmer aufgehalten, weil sie sich müde fühlte. Das war uns sehr recht gewesen, denn es gab Marga und mir genügend Zeit, in aller Ruhe darüber zu reden, wie es nun weitergehen sollte. Es half ja alles nichts, wir konnten vor dem Problem nicht davon laufen, obwohl sie es am Samstag noch am liebsten getan hätte. Da verschwand sie mal hierhin und mal dorthin, und wenn sie sich mit verweinten Augen wieder blicken ließ, war mir hundeelend zumute. Doch am Sonntagmorgen kam es mir vor, als hätte sie sich über Nacht gleichsam aus einem dunklen Loch befreit. Ich hatte ihr die Entscheidung nicht aufgezwungen, aber auch nicht abgenommen. Ich hatte einfach die Umstände für sich sprechen lassen. Mit anderen Worten – ich hatte gekniffen. Ich wusste das wohl und war grenzenlos erleichtert.

* * *

»Dr. Schmittke wartet auf deinen Rückruf«, empfing mich Elke Schrader am Montagmorgen. Den hatte ich tatsächlich glatt vergessen. Kein Wunder bei diesem Wochenende.

»Dann stell mich gleich durch.«

»Mesut ist noch drin. Du weißt, dein Wasserhahn.«

Ich nickte und marschierte eilends weiter. Vor meinem Garderobenschrank, den mein Vorgänger raffinierterweise um ein schon vorhandenes Waschbecken hatte tischlern lassen, klappte Mesut gerade seine Werkzeugtasche zu. Er war einer der Auslieferungsfahrer und nebenbei unser Mann für alle kleineren Reparaturfälle.

»Alles klar, Chef. Ist wieder wie neu«, grinste er und

verschwand. Ich saß kaum an meinem Schreibtisch, da summte bereits das Telefon.

»Ich habe zwei Tage auf deinen Anruf gewartet!«, überfiel er mich ohne Vorrede. »Wie ist es Freitag gelaufen? Hast du ihn noch erreicht?«

»Ich weiß, Arno. Es wäre auch nicht vorgekommen, wenn nicht ...«

Weshalb sollte ich es ihm verschweigen? Ich vergewisserte mich, ob Mesut die Tür zugemacht hatte und holte Luft: »Meine Frau ist schwanger, Arno. Sie sagte es mir, als ich Freitagabend nach Hause kam. Du kannst dir vorstellen, was bei uns los war.«

»Herzlichen Glückwunsch.«

»Machst du Witze? Aber davon abgesehen habe ich gute Nachrichten.«

»Wir sind also durch?«

»Wir sind! Ammon sagte mir, dass der Chefdesigner schon beide Daumen oben hatte, kaum dass wir aus dem Zimmer waren. Aber der Knackpunkt war natürlich die Lieferzeit, du weißt ja, die üblichen Bedenkenträger, die sich zum Schluss noch mal wichtig machen.«

»Unsere Präsentation war doch klar und deutlich.«

»War sie ja auch! Aber wer kann schon eine funktionierende Anlage für Weißwandreifen vorweisen? Das war der Durchbruch. Morgen oder übermorgen kannst du mit dem Anruf rechnen.«

»Sicher?«

»Hundertprozentig.«

»Dein Wort in Gottes Ohr! Na, schön – und was sagt der Arzt?«

»Du meinst ...«

»Was sonst? Ihr denkt doch wohl nicht im Ernst daran, jetzt noch ein Kind in die Welt zu setzen.«

»Der Arzt rät zum Abbruch.«

»Aber unbedingt! Das Risiko liegt doch auf der Hand. Oder habt ihr euch etwa anders entschieden? Ich kenne dich, mein Lieber, du bist ein Sensibelchen.«

»Ich? Na, hör mal! Natürlich haben wir uns nicht anders entschieden. Aber es war nicht leicht, Marga ist sehr emotional, sie braucht eine starke Hand. Eigentlich müsste ich jetzt für eine oder zwei Wochen bei ihr bleiben.«

»Ausgeschlossen, die Sommerreifen ...«

Ich musste lachen. »Keine Sorge, das war kein Urlaubsgesuch, nicht bei meinem Terminkalender. Es wird schon werden.«

»Sicher. Ach, noch etwas. Der Termin für die Einweihung unserer Prüfstrecke steht jetzt fest: das erste Wochenende im April. Die Einladungen gehen morgen raus.«

»Moment mal, Arno.« Ich blätterte in meinem Tischkalender. »Ist dir klar, dass wir am 3. und 4. April die Konferenz der Niederlassungsleiter haben? Das wären dann vier Tage hintereinander.«

»Richtig, aber davon sind die beiden ersten Tage das Wochenende, da seid ihr sowieso dabei.«

»Ja, stimmt.«

»Also gut, danke für die gute Nachricht. Und behalte einen klaren Kopf!«

»Worauf du dich verlassen kannst.«

10.

Christoph redete über den ständig wachsenden Verkehr in Frankfurt. Seine Sätze kamen mit langen Zwischenpausen, was mich nicht verwunderte. Mit seinen Gedanken war er ganz woanders. Ich antwortete mit Ja oder Nein oder gar nicht. Es war ohnehin alles egal. Was uns wirklich beschäftigte, verschwiegen wir. Wir hatten ja auch geredet und geredet, bis es nichts mehr zu reden gab. Jetzt musste ich es nur noch hinter mich bringen. Es war alles sehr schnell gegangen. Schon fünf Tage nach unserer Entscheidung hatte ich den Termin in der ambulanten Frauenklinik bekommen. Ein Faltblatt mit allen Erklärungen über Narkose und Eingriff hatte man mir zugeschickt. Ich saß wohlvorbereitet mit meiner gepackten Tasche neben Christoph im Auto. Noch eine gute Stunde bis ich auf dem Operationstisch landete. Dann würde es wohl noch zwei oder drei weitere Stunden dauern, bis er mich wieder nach Hause bringen konnte.

Christoph war so nervös und fahrig, dass er schon zweimal dem Vordermann fast in den Kofferraum gefahren wäre. Die Straßen waren glatt vom Regen, der Himmel grau. Es passte alles zusammen. Die letzte Woche war schrecklich gewesen – ein finsteres Kapitel unseres Lebens, das wir beide so schnell wie möglich abschließen wollten. Am unangenehmsten war das Versteckspiel mit unserer Familie. Nico und Dirk hatten sich mehrfach beschwert, dass die Stimmung im Hause so schwarz wie auf einem Begräbnis wäre. Ich fand die Beschreibung passend, obwohl die beiden eigentlich noch niemals eins miterlebt hatten. Wir mussten immer neue Ausreden erfinden und uns bemühen, in ihrer Gegenwart so normal wie möglich zu sein.

Aber selbst Oma war misstrauisch geworden und bezichtigte uns, irgendetwas Böses gegen sie auszuhecken.

Wie gut, daß es nun endlich damit vorbei war. Wenn ich nach dem Eingriff noch ein wenig schwach auf den Beinen sein sollte, würde ich allen erzählen, dass ich irgendeinen Virus aufgeschnappt hätte, der Magen und Darm angriff. Da würden mir bestimmt alle aus dem Weg gehen.

Wir fanden die Adresse ohne Probleme, sie war ja auch gut beschrieben in der Broschüre. Ein unauffälliges Haus in einer unauffälligen Straße. Die Praxisräume in der ersten Etage waren gepflegt und ruhig, die Damen im Empfang von größter Höflichkeit. Ja, es würde ein paar Stunden dauern, ganz genau ließe es sich aber nicht vorhersagen …

Ich schickte Chrsitoph weg. Warum sollte er neben mir im Wartezimmer sitzen und noch unruhiger werden? Im Büro wartete sowieso jede Menge Arbeit auf ihn. Er hatte mich schon dreimal gefragt, ob ich auch nichts vergessen hätte und ob es mir auch gut ginge. Natürlich ging es mir gut! Blendend! Sah man mir das nicht an? Ich lächelte unecht und schickte ihn energisch hinaus.

Es saßen noch zwei weitere Frauen im Wartezimmer, eine jung wie Moni, die andere älter als ich. Nach einem kurzen Gruß und einer Bemerkung über das nasskalte Wetter wurde kein weiteres Wort zwischen uns gewechselt. Die Sprechstundenhilfe kam herein und brachte mir einen Packen Unterlagen, die ich alle durchlesen und unterschreiben sollte. Es waren Hinweise auf die Gefahren des Eingriffs, der Narkose, und eine Absicherung der Ärzte, falls etwas Unvorhergesehenes passieren sollte. Ich unterschrieb alles.

Es dauerte nicht lange, da wurde das junge Mädchen hereinge-

rufen. Ich hatte mir eine Illustrierte mitgebracht, um die Zeit totzuschlagen und um mich abzulenken. Es fiel mir schwer, mich auf irgendeinen Artikel zu konzentrieren, lieber löste ich ein Kreuzworträtsel. »Ein Grautier« mit vier Buchstaben – natürlich ein Esel. »Keimzelle« mit zwei Buchstaben konnte ja wohl nur ein Ei sein. Mir schienen die Fragen zur Situation zu passen. Ein »Singvogel« mit sechs Buchstaben wollte mir schon nicht mehr einfallen, erinnerte mich aber an ein Telefonat mit meiner Freundin Gertrud. Während des ganzen Gesprächs hatte ich ihren Kanarienvogel im Hintergrund singen hören. Es war keine zwei Wochen her, schien mir aber eine halbe Ewigkeit entfernt zu sein.

Ich hatte sie angerufen, um zu hören, welche Erfahrungen sie denn so mit dem Klimakterium machte und auf welche Weise es sich ankündigte. Aber ihre Auskünfte hatten mir gar nicht weitergeholfen, denn meine Beschwerden sahen ganz anders aus – Magenbeschwerden, gelegentliche Übelkeiten, Schlafstörungen … Sämtliche Kräutertees hatten versagt und Vitamintabletten waren völlig wirkungslos geblieben.

Wie hatte ich überhaupt nur so ahnungslos sein können! Und dann die Sorge, dass ich bald aufhören würde, eine vollwertige Frau zu sein. Ich hatte mir vorgestellt, wie mein Körper ganz allmählich seine gewohnten Funktionen einstellte und ich mich in eine Art Neutrum verwandelte. Würde Christoph mich dann mit anderen Augen ansehen? Ging es dann schnell bergab oder war es ein langsamer Prozess? Wenn ich mal in Illustrierten blätterte, sahen ältere Schauspielerinnen allerdings immer noch attraktiv und weiblich aus. Das tröstete mich dann doch ein wenig.

Eigentlich war es sehr erfreulich, dass ich dieses unangenehme Thema noch für einige Zeit vertagen konnte. War mein au-

genblicklicher Zustand nicht die beste Bestätigung dafür? Männern blieb so vieles erspart, womit wir Frauen fertig werden mussten. Irgendwie ungerecht. Eine verrückte Sache, dass sich statt des Klimakteriums eine Schwangerschaft angekündigt hatte! Es war also noch Leben in mir! Wenn doch nur erst dieser schreckliche Tag hinter mir lag …

Die ältere Frau saß mir gegenüber und starrte zum Fenster hinaus. Bei ihr wurde sicherlich kein Schwangerschaftsabbruch vorgenommen. Sie hatte diese Lebensphase längst hinter sich. Eines Tages würde auch ich in ihrem Alter sein, abgeklärt und ohne große Erwartungen. Wie viele Jahre hatte ich noch? Wie lange noch würde mein Körper imstande sein ein Kind zu gebären?

Pamela hatte gesagt, dass das Leben ein Wunder sei. Immer wieder musste ich an diesen Satz denken. Sie hatte Recht. Ich würde niemals den Augenblick vergessen, als ich aus der Narkose erwachte und man mir Nico in den Arm legte. Auch bei Dirk und Moni – immer war es ein Augenblick höchsten Glücks gewesen, ein ungläubiges Staunen über das Wunder des neuen Lebens. Und jetzt, jetzt war ich dabei, dieses beginnende Wunder zerstören zu lassen.

Schrecklich diese Warterei, schrecklich diese Grübelei. Wenn es noch lange dauerte, würde ich meinen gesunden Menschenverstand verlieren. Es gab Situationen im Leben, da musste man hart bleiben. Wir konnten kein weiteres Kind gebrauchen, drei sind genug! Und dann auch noch in unserem Alter! Christoph und ich hatten Angst – Angst vor einer solch radikalen Veränderung unseres Lebens, Angst lächerlich zu wirken, Angst noch einmal von vorn anzufangen wie ein junges Paar, Angst vor den schlaflosen Nächten, dem ständigen Gefordertwerden, dem Kindergeschrei. Angst vor dem Ärger in den

Schulen, dem Bangen um eine gute Entwicklung, den Kämpfen in der Pubertät …

Es war viel einfacher, allem aus dem Weg zu gehen. Noch eine knappe Stunde, dann würde alles vergessen sein. Oder nicht? Ob es wohl ein Junge oder ein Mädchen war? Mir wurde fast schwindelig bei dem Gedanken.

Die ältere Frau wurde hereingerufen. »Auf Wiedersehen und alles Gute für Sie«, sagte sie und warf mir einen mitleidigen Blick zu.

Als Nächste würde ich drankommen. Mein Herz begann wie wild zu schlagen. Was sollte ich tun? Mein gesunder Menschenverstand sagte: Bleib! Aber mein Herz sagte: Lauf weg! Lauf weg! Ich holte meinen Mantel vom Kleiderständer, griff nach meiner Tasche, um mich daran festzuhalten, und ging mit weichen Knien aus dem Wartezimmer. Dem Mädchen an der Rezeption sagte ich, dass ich es mir anders überlegt hätte.

»Sie können doch nicht so einfach … Warten Sie!«, hörte ich sie noch sagen, aber da ließ ich auch schon die Tür hinter mir ins Schloss fallen. Als ich die Treppe runterging, schien mit jeder Stufe ein Stein von meiner Seele zu kullern. Ich hatte einen Sieg errungen! Mir war nicht ganz klar, gegen wen, aber so erfolgreich, so erleichtert und stark zu gleicher Zeit hatte ich mich noch nie gefühlt. Ich musste unbedingt Christoph erreichen und ihm alles erzählen! Das Leben lag noch vor uns und nicht schon hinter uns. Genauer gesagt, standen wir mittendrin – aber wir bereiteten uns nicht schon aufs Altenteil vor. Wir würden ein Baby haben und es großziehen wie unsere drei anderen, und wir würden geduldigere Eltern sein als vor zwanzig Jahren. Sollten wir in den nächsten paar Jahren auch noch Enkel dazubekommen – warum nicht? Das Leben war so aufregend!

Ich ging ein paar Straßen weiter, suchte mir ein geeignetes

Plätzchen und angelte mein Handy aus der Handtasche. Christoph war sofort am Apparat, als hätte er schon auf mich gewartet.

»Mein Liebling! Jetzt schon? Hast du alles überstanden?«

»O Christoph, ich liebe dich.«

»Und ich liebe dich so sehr. Ich komme sofort. Warte auf mich! Geht's dir gut, mein Schatz?« Seine Stimme überschlug sich. Er war so aufgeregt, dass ihm der Hörer wohl aus der Hand gefallen war, denn es knackte und rumpelte in der Leitung.

»Christoph! Hörst du mich? Ich muss dir etwas erklären.«

»Ich bin gleich bei dir! War es sehr schlimm?«

»Nein, nein gar nicht, das heißt, du musst nicht zur Klinik kommen. Wir treffen uns in dem Café, wo wir neulich waren.«

»Aber du darfst doch noch gar nicht aufstehen!«

»Christoph, gerade das muss ich dir erklären. Ich war nicht ... Ich bin weggelaufen.«

»Du hast nicht ...?« Er schwieg und ich hörte ihn schwer atmen. Es war plötzlich ganz still zwischen uns. Warum sagt er nichts, dachte ich. Er ist enttäuscht, vielleicht sogar wütend, er will dieses Kind ja nicht. »Gib mir Kraft, lieber Gott«, betete ich. Wenn Christoph dagegen ist, wie soll ich dann alles durchstehen? Allein schaffe ich es nicht, ich brauche seine Hilfe. Mein Höhenflug war jählings beendet, meine Gefühle standen unmittelbar vor einer Bruchlandung. Wie hatte ich überhaupt hoffen können, dass er all meine Empfindungen nachvollziehen konnte.

»Marga ...« Es klang so ernst, so abgeklärt, dass ich den Atem anhielt. Aber dann sagte er: »Die Hauptsache ist, dass ich dich wiederhabe. Ich hatte mir schon so viel Sorgen um dich gemacht. Wir werden es schon schaffen!«

»O Christoph, du weißt gar nicht, wie froh ich darüber bin.

Ich muss dir alles erzählen. Ich konnte einfach nicht anders, verstehst du das? Nein, du kannst es gar nicht verstehen, du weißt ja nicht, was in mir vorgegangen war. Aber ich bin so erleichtert, dass ich den Mut dazu hatte. Ich weiß, dass es richtig ist. Komm schnell, mein Liebling.«

11.

»Aber Schatz«, hatte ich gesagt. »Das ist doch wunderbar, du freust dich! Sag es mir wieder und immer wieder, dass du dich freust, dann ist alles gut, dann freue ich mich auch. Alles ist dann gut.«

Was war bloß los mit mir? Was hatte mich so verändert? Wie war es möglich, dass alle meine Sorgen und Ängste wie von Zauberhand verjagt worden waren? Es gab nur eine Antwort: Ich hatte den schwierigsten Kampf meines Lebens gewonnen, nämlich den mit Christoph Koch!

Mir war, als wären mir Flügel gewachsen, als schwebte ich über dem höchsten Berg unter blauem Himmel in milder, lauer, samtweicher Luft. Ich sah Sonnenschein, und dabei regnete es. Ich hörte Musik, doch es lief kein Radio. Mir stieg immer wieder das Lachen ins Gesicht, aber niemand hatte einen Witz gemacht. Ich hatte Marga schon lange nicht mehr so glücklich erlebt. Und das knapp zwei Jahre vor der Silberhochzeit!

Gestern, ja gestern habe ich mir übrigens zum ersten Mal seit vielen Jahren wieder das »Sandmännchen« angesehen. Ich war begeistert! Und noch vorher, als ich in unserem Supermarkt neben einem Mann ungefähr meines Alters stand, der seinem Enkel – Enkel! – ein Spielzeug kaufte, da stieg mir schon wieder das Lachen in die Kehle, weil ich dachte: Wenn der wüsste!

Ich saß an meinem Schreibtisch. Es war zehn nach neun und ich hatte keine Lust zu arbeiten. Angefangen hatte alles am letzten Samstagmorgen, als wir es der Familie beim Frühstück beichteten. Natürlich dachten die Jungs zuerst, es sei mal wieder einer meiner faulen Scherze. Doch als sie merkten, dass es keiner war – da hatten sie sich vor Lachen kaum noch auf den Stühlen halten können! Nur meine Mutter sagte: »O Gottegott, wenn das man gut ausgeht.«

Lachen, von Herzen kommendes Lachen, war überhaupt die erste Reaktion von allen gewesen. Sogar unser so sehr auf Disziplin achtender Trimmtreff-Adi hatte sich davon anstecken lassen und sich nicht geniert, einer nach meinem Geständnis fortwährend schnatternden und lachenden Truppe voranzutraben. Mir scheint, wo auch immer an diesen Tagen in unserem Dorf ein lautes Lachen zu hören ist, da hat wieder jemand die Sensation erfahren: Kochs kriegen noch mal Nachwuchs! Und jetzt war es an der Zeit, auch Elke Schrader einzuweihen.

»Elke!«, rief ich. »Kannst du mal kommen? Ich will dich etwas fragen!«

Sie kam herein, sah mich grinsen, und sagte: »Na endlich lachst du wieder.«

»Und ob! Aber jetzt hör zu. Ich gebe dir drei Chancen zu raten, was bei uns zu Hause passiert ist. Du rätst es nie!«

»Ihr kriegt ein Baby.«

Ich war platt.

»Dein Gespräch mit Dr. Schmittke. Letzte Woche«, sagte sie.

»Ach, das!«

Sie nickte. »Der Mesut hatte die Tür nicht fest zugezogen. Ich konnte schließlich nicht ahnen, was dann kam.«

»Aber das macht doch nichts!«, tröstete ich sie gut gelaunt, obwohl sie meinen Spaß überhaupt nicht zu teilen schien.

»Ich hoffe nur, ihr tut es nicht! Es wäre nicht richtig! Kein Mensch, der ... Und dann auch noch Marga ... Wozu abtreiben? Aus Bequemlichkeit?«

Das also war es! Wir wussten ja alle, wie vollkommen fertig sie vor einem Jahr nach ihrer Totaloperation zurückgekommen war. Im Nu war ich bei ihr und drückte sie. »Meine perfekte Sekretärin! Leidet mit und schweigt doch eisern. Nein, wir tun es nicht! Jetzt nicht mehr – wir freuen uns sogar!«

Sie wischte sich mit dem Handrücken über die Augen. »Ich würde so gern mal mit Marga sprechen! Ich habe schon tagelang überlegt, ob ich sie nicht einfach anrufe.«

»Na, dann mach's doch gleich! Hier, bitte!« Ich schob ihr das Telefon zurecht. »Aber eine Bedingung – diesmal höre *ich* mit!«

Sie lachte, und was dann folgte, genoss ich in vollen Zügen. Ich lehnte mich in meinem Sessel zurück und fühlte mich wie ein später Wunderknabe, während sie redeten und sich freuten und kein Ende fanden. Bis Monis Name fiel. Bald darauf legte Elke den Hörer zurück.

»Gebt ihr Zeit«, sagte sie. »So ist das Leben.«

Dasselbe fanden Wolfgang und Gisela, die am Abend kurz hereinschauten. Sie kamen von Meik, der heute seinen sechsunddreißigsten drogenfreien Tag gehabt hatte und mitten in einer depressiven Phase war. Mir fiel auf, dass Gisela gelegentlich einen verstohlenen Blick auf Marga warf. Wahrscheinlich hätte auch sie nichts gegen einen kleinen »Unfall« einzuwenden, dachte ich. Als sie gingen, raunte mir Wolfgang noch ins Ohr, ich solle doch mal bei Marga vorfühlen, ob sie nicht Lust hätte, ein Tagebuch über ihre Schwangerschaft zu führen. Beim Sender hätte man im Frauenfunk immer Bedarf für ungewöhnliche, authentische Stories. Was er denn von dem Tagebuch eines älteren werdenden Vaters hielte, raunte ich zurück. Er sah mich verdutzt an und meinte, das sei gar keine schlechte Idee. Na bitte, jetzt werde ich auch noch berühmt!

12.

Wenn ich morgens aufstand, wurde mir jetzt immer übel. Mein Geruchssinn war so überempfindlich geworden, dass mir schon das zarteste Düftchen Brechreiz verursachte. Als Erstes riss ich sämtliche Fenster auf, bis alle Räume sich in eine Art Eiskeller verwandelten. Danach ging es besser, ich konnte mich langsam der Küche nähern und mit dem Frühstück beginnen. Aber das machte mir nichts aus – nein, ganz im Gegenteil, ich war froh darüber. Es bestätigte mir, dass es wirklich stimmte, ich war schwanger. Es war alles so unglaublich. Christoph und ich wechselten kaum einen Blick bei dem Thema, dann mussten wir schon lachen. Ohne auch nur ein Wort zu sagen, wusste jeder, was der andere dachte. Wir fanden unser neues Leben herrlich verrückt.

Gestern hatte mein Mann übrigens zum ersten Mal in seinem Leben die ihm unheimlichen Praxisräume eines Frauenarztes betreten. Bei unseren anderen Kindern wäre ihm das nie in den Sinn gekommen, diesmal wollte er sogar bei der Geburt dabei sein. Daran hatte ich allerdings noch meine Zweifel, er wird nämlich schon blass, wenn ich mir beim Kartoffelschälen in den Finger schneide.

Der Arzt hatte sich über eine halbe Stunde Zeit für uns genommen und auch kein Hehl aus den möglichen Gefahren einer späten Schwangerschaft gemacht. Bei Frauen über achtunddreißig und Männern über fünfzig sei das Risiko größer, ein mongoloides Kind gezeugt zu haben, doch auch wieder nicht so groß, dass wir nun Angst haben müssten. Von hundert Kindern könnten fünf auf diese Weise behindert geboren werden; er selbst habe in seiner fünfjährigen Praxis aber erst ein solches Kind zur Welt gebracht und dessen Mutter sei vierundzwanzig gewesen.

Er hatte dann auch noch auf die Möglichkeit einer Vorsorgeuntersuchung hingewiesen, bei der die Fruchtblase punktiert werde, um Zellen für einen sicheren Befund zu entnehmen – gegebenenfalls den für einen Abbruch der Schwangerschaft. Wir sagten ihm, dass wir weder den Test wollten noch einen möglichen Abbruch. Jetzt, nach all den langen Stunden des Haderns und Durchringens, jetzt sollte das Kind so oder so geboren werden. Als wir wieder auf der Straße standen, hatten wir uns so ausgelassen gefühlt wie Gene Kelly bei seinem berühmten Tanz im Regen. Leider war es spiegelglatt, und wir brauchten mit dem Auto fast eine Stunde länger als sonst bis nach Hause.

Nico erschien im Anorak zum Frühstück und auch Dirk kam vor Kälte schlotternd die Treppe runter. Er fragte, ob sich Karlchen Koch bei diesen Temperaturen nicht möglicherweise zu einem Eskimo entwickeln würde. Sie nannten »es« Karlchen, manchmal auch Karoline und machten ständig irgendwelche Witze. Ich glaube, dass sie sich auf den Familienzuwachs freuten.

»Ich habe gestern Moni getroffen, aber wir konnten nicht reden. Sie war mit so'ner Clique zusammen und hatte es sehr eilig.« Nico sagte es ganz nebenbei, aber ich merkte, wie er Christoph und mir einen schnellen Blick zuwarf. Moni war unser wunder Punkt, wir sprachen nur selten von ihr – und wenn, dann tat es noch immer weh.

»Ich versuche sie schon seit Tagen zu erreichen«, sagte ich. »Meistens meldet sich keiner und einen Anrufbeantworter haben sie nicht. Neulich hatte ich Annette am Apparat – zum ersten Mal übrigens. Sie klingt sehr selbstsicher.«

»Sie klingt nicht nur so«, grinste Dirk und angelte sich ein Brötchen.

»Ich habe ihr gesagt, dass Moni mich unbedingt zurückrufen soll. Aber wer weiss, ob sie es ihr überhaupt erzählt hat.«

»Ich kann ja mal hinfahren«, meinte Christoph.

»Lieber nicht!«, sagte Nico. »Telefonieren ist besser.«

Ich fragte mich, warum Christoph nicht hinfahren sollte, sagte aber nichts. Als alle aus dem Haus waren und ich Zeit zum Nachdenken hatte, fielen mir mehrere Gründe ein: Die Wohnung könnte verkommen sein, ein Saustall sozusagen … Die Zimmer in einem chaotischen Zustand … Die Nachbarschaft miserabel. Wer so lebte, wollte unter keinen Umständen von irgendwelchen Eltern kontrolliert werden. Das schien mir plausibel und tröstete mich.

Ich ging zum Telefon und tippte die Nummer ein. Eine verschlafene männliche Stimme meldete sich. »Wen willst du sprechen? Moni? Nein, die ist schon weg.«

Komischer Typ, ziemlich unfreundlich, fand ich. Ob der da wohl immer übernachtete oder gar wohnte? War er Annettes Freund – oder etwa Monis? Früher hatte sie auf die große Liebe gewartet und ziemlich hohe Ideale gehabt. Alle ihre männlichen Bekanntschaften waren nur freundschaftlich geblieben und keine »Beziehungen« geworden. Hatte sie inzwischen alle Träume über Bord geworfen? Dieser Markus, der an jenem schrecklichen Tag ihre Koffer wegschleppte, war solch ein farbloser Typ, aber sie hatte ihn regelrecht angehimmelt. Noch vor einem Jahr kannte ich ihren Geschmack und ihre Ansichten ziemlich gut – aber jetzt …

Es war müßig, über all das nachzudenken, es führte zu nichts, entschied ich und ging zu meiner Schwiegermutter nach unten.

Die stand mitten in ihrem Zimmer, seltsam angezogen, und sah mich missbilligend an. »Hast du mir mein Kleid weggenommen?«, fragte sie.

»Aber Mama, warum sollte ich dein Kleid wegnehmen?«

»Weil ich es nicht mehr finden kann.«

»Du hast dein Kleid schon an, aber dann hast du dir den Unterrock darüber gezogen.«

»Warum sollte ich das wohl tun!«, entrüstete sie sich, doch dann blickte sie an sich herunter und murmelte: »Na sowas! Jemand muss meine Sachen durcheinander gebracht haben.«

Ich half ihr, alles auszuziehen und der Reihe nach richtig anzuziehen. Schon seit einigen Monaten brachte sie immer mal wieder Dinge durcheinander, aber in letzter Zeit passierte es oft, dass sie dann einfach stehen blieb oder sich reglos auf einen Stuhl setzte und wartete, als ob etwas in ihrem Kopf blockiert sei. Ich hatte sie schon einige Male in dieser Verfassung erlebt. Sie schien mir auch dünner geworden zu sein, nur noch Haut und Knochen. Ich nahm mir vor, ein bisschen mehr zu kontrollieren, ob sie auch regelmäßig aß. Sie weigerte sich strikt, bei uns mitzuessen und legte großen Wert darauf, ihren eigenen Haushalt zu führen und selbst zu kochen.

Oben klingelte das Telefon, und ich lief hinauf. Christophs Kusine Erika war am Apparat. Ich hatte sie seit Jahren nicht gesehen und kannte sie hauptsächlich aus Christophs Erzählungen. In der Leitung knackte es immer wieder, und ich konnte sie nicht sehr gut verstehen.

»Ich bin in Ankara«, sagte sie. »Nächsten Dienstag fliege ich nach Frankfurt. Kann ich bei euch übernachten?«

»Aber natürlich kannst du das. Wir freuen uns, dich wiederzusehen.«

»Ich habe große Neuigkeiten.«

»Wir auch, Erika«, antwortete ich und lachte in mich hinein.

Die Leitung war plötzlich tot und ich wollte schon auflegen, aber da hörte ich wieder ihre Stimme. Sie nannte mir ihren Flug und die Ankunftszeit und fragte, ob Christoph sie vielleicht abholen könnte.

»Bestimmt«, versprach ich. »Und wenn er nicht kann, komme ich dich abholen.«

Eigentlich hatte ich vorgehabt, einen Bummel durch ein paar Kaufhäuser zu machen, um mir Babysachen und Umstandskleidung anzusehen, aber ich hatte Nico mein Auto geliehen, weil bei seinem Bus der Auspuff runtergekracht war. Ich konnte es gar nicht abwarten, meinen Bauch wachsen zu sehen. Vor ein paar Tagen hatte ich eine Bestellung für normale Sommersachen rückgängig gemacht. »Ich bin nämlich schwanger geworden – ganz unerwartet«, hatte ich stolz als Begründung genannt. Worauf die Telefondame des Versandhauses mitleidvoll antwortete: »Das tut mir aber Leid.«

Sie sollten mir lieber gratulieren, wollte ich antworten – doch da fiel mir ein, wie wenig erfreut ich selbst darüber gewesen war und hielt meinen Mund.

Abgesehen von meiner morgendlichen Übelkeit ging es mir richtig gut, als hätte jemand alle Funktionen in meinem Körper neu angekurbelt. Die Müdigkeit der ersten Wochen war vergangen, mir schien es, als wäre meine Lebensuhr mindestens um zehn Jahre zurückgestellt. Wenn ich junge Frauen mit dicken Bäuchen sah – und es gab viel mehr davon, als mir früher aufgefallen war –, dann fühlte ich mich ebenso jung wie sie.

Christoph und ich machten schon Pläne, wo unser Baby untergebracht werden sollte. Dirk hatte angedeutet, dass er schon bald sein Praktikum in einem Asylantenheim in Sachsen machen wollte und dort dann für sechs Monate wohnen würde. Nico redete von ein paar Semestern Studium in Göttingen. Uns standen viele Veränderungen bevor.

»Monis Zimmer steht leer«, schlug Christoph vor, aber da hatte ich gestreikt. »In den ersten Monaten wird es sowieso bei uns im Zimmer schlafen. Außerdem haben wir noch so viel Zeit, Christoph. Lass uns abwarten, wir finden bestimmt eine bessere Lösung.«

Heute, ja heute musste ich Moni erreichen! Ich ging zum Telefon und wählte wieder ihre Nummer. Niemand nahm ab, obwohl ich es mehrmals hintereinander immer wieder versuchte. Na gut, dann vielleicht später, sagte ich mir.

Mir fiel noch rechtzeitig ein, dass Donnerstag war und Pamelas netter Kreis sich traf. Ich hatte ihr erzählt, dass wir das Baby behalten wollten, worauf Pamela sich so von Herzen freute, dass ich ganz angerührt war von ihrer Anteilnahme. Sie war eine Frau, der ich wirklich vertraute, obwohl wir uns noch gar nicht lange kannten. Natürlich waren mir auch meine alten Freundinnen und Bekannten wichtig, aber eigentlich war ich mir nie ganz sicher, was sie hinter meinem Rücken über mich sagten. Allzu oft hatte ich miterlebt, wie leichtfertig sie über jemanden redeten, kaum dass er aus dem Raum war. Und ich hatte nicht selten kräftig dabei mitgemischt. Bei Pamela erlebte ich das nie.

Inge Weber öffnete die Tür und rief lachend: »Na endlich bekommen wir die junge Mutter zu Gesicht. Wir haben die gute Nachricht gerade gehört. Komm und lass dich anschauen! Es scheint dir gut zu gehen, so wie du aussiehst.«

Sie zog mich herein, nahm mir den Mantel ab und rief laut: »Ratet mal, wer gekommen ist.«

Silke Schneiders laute Stimme dröhnte: »Na sag's schon! Vielleicht ein früher Osterhase?«

Hanna Bergström kam und begrüßte mich. Sie war braungebrannt und strahlte zwei Wochen Urlaub aus. »Ich bin Ski gefahren in Norwegen«, erklärte sie. »Wir hatten viel mehr Sonnenschein als ihr hier in Deutschland.«

Immer, wenn ich dieses Wohnzimmer betrat, hatte ich fast das Gefühl, in einem anderen Land zu sein. Es war so amerikanisch, so bunt und optimistisch und entsprach nicht im Geringsten den Vorstellungen deutscher Innenarchitekten. Aber es war wirklich gemütlich hier.

Pamela war nicht da, sie sei im Nebenzimmer bei einem wichtigen Telefongespräch, erklärten die Frauen. Sie fragten mich aus, wie es mir denn gehe, ob ich von der Schwangerschaft überrascht gewesen sei und wie ich reagiert hätte.

Ich antwortete nicht ganz wahrheitsgemäß – und schämte mich dafür. Sie fanden meinen Zustand wunderbar aufregend. Silke versorgte mich mit Orangensaft – statt Kaffee –, Inge legte mir ein Kissen in den Rücken, damit ich es auch wirklich bequem hatte. Wir alle hatten Kinder zur Welt gebracht und niemand hatte uns damals mit Glacéhandschuhen angefasst. Aber da waren wir auch noch jung und das Kinderkriegen etwas Selbstverständliches. Doch mit sechsundvierzig … Ich verkniff mir ein Lachen und ließ mich verwöhnen.

Pamela kam aus dem Nebenzimmer, sie wirkte bedrückt. Als sie mich sah, hellte sich ihre Miene auf. »Wie schön, dass du gekommen bist«, sagte sie. »Und wie schön, dass ihr alle hier seid. Das tut mir richtig gut heute. Ich habe nämlich eine trau-

rige Nachricht bekommen. Ihr wisst doch, dass Judy für zwei Wochen kommen wollte, aber ...« Sie schluckte.

»Was ist mit deiner Tochter«, fragte Inge Weber. »Kommt sie nicht?«

»Sie kann nicht kommen, sie ... Sie hat sich gestern ein Bein gebrochen und liegt im Krankenhaus.«

»O nein! Und du hattest dich so auf sie gefreut!« Silke umarmte sie und Hanna fragte mitfühlend: »Wie ist denn das passiert?«

Pamela holte tief Luft: »Judy war Ski gefahren mit ein paar Freunden und ist gestürzt. Aber die Ärzte sagen, dass es ein glatter Bruch ist und ohne Komplikationen heilen wird. Es geht ihr sonst gut, sie ist nur traurig, dass es mit der Reise nichts wird. Bob wollte, dass ich gleich rüberfliege, aber Judy sagt, dass es nicht nötig ist. Sie wird von ihren Freundinnen bestens versorgt. Zur Not könnte ihr auch meine Mutter helfen, die wohnt nicht weit entfernt und ist noch sehr aktiv. Nein, Judy braucht mich nicht – sie ist ja auch sehr selbständig. Es ist umgekehrt – ich brauche sie! Sie fehlt mir manchmal sehr.«

Man sah Pamela an, wie schwer es ihr fiel, die Tränen zurückzuhalten. Ich musste an Moni denken und hätte am liebsten losgeheult. Mir schoss durch den Kopf, dass in Büchern und Zeitschriften so viel über Loslösung vom Elternhaus geschrieben wird und wie junge Menschen sich am besten abnabeln. Aber was ist mit uns Müttern und Vätern? Wie nabeln wir uns von unseren Kindern ab? Zwanzig Jahre lang sind sie der Mittelpunkt unseres Lebens und dann ... Es tat mir so wohl zu sehen, dass es Pamela nicht anders ging als mir.

»Wie gut, dass es nur ein einfacher Bruch ist«, meinte Silke. »Es hätte auch schlimmer sein können.«

»Ja, ich weiß. Ich benehme mich richtig dumm – entschul-

digt bitte! Es ist nur die Enttäuschung, dass sie nicht kommen wird. Manchmal sehen Gottes Pläne eben anders aus als unsere. Auf jeden Fall weiß ich, dass ich trotzdem allen Grund habe dankbar zu sein. Gott hat Judy vor Schlimmerem bewahrt. Das hat sie sogar selbst am Telefon gesagt.«

Ich hing meinen eigenen Gedanken nach, während die anderen noch weiter darüber redeten. Dazu schlugen sie die Bibeln auf, und diesmal konnte ich mich natürlich nicht wieder aus dem Staub machen. Ich wollte es ja auch nicht, es interessierte mich durchaus.

Inge Weber las etwas vor, erst auf Englisch und danach noch einmal auf Deutsch. Es war aus einem Brief, den Paulus an die Leute in Korinth geschrieben hatte. Das gefiel mir, weil Korinth in Griechenland ist und wir gern unsere Urlaube dort verbringen. Ich hörte die Worte, doch sagten sie mir einfach nichts, während auf den Gesichtern der anderen ein Ausdruck von Ergriffenheit lag.

Anschließend diskutierten sie darüber. Irgendwie ging es um Jesus und dass man eine »neue Kreatur« wird, wenn man in »ihm« ist. Ich fand das ziemlich unlogisch und fragte mich, wie man so etwas anstellen sollte. Sollten mir etwa für dieses Thema ein paar ganz spezielle Gehirnzellen fehlen?

In diesem kleinen und so freundlichen Kreis empfand ich mich plötzlich wieder als Außenseiter. Ich gehörte nicht dazu – wusste aber auch nicht mal, wozu überhaupt. Schließlich waren sie ja kein Geheimklub, bei dem man durch irgendwelche Riten Mitgliedschaft erhält. Das Gefühl verstärkte sich noch, als gebetet wurde. Jeder sagte ein paar Sätze – ich schwieg. Aber zum Schluss betete Pamela, dass Gott mich und meine Familie segnen sollte – und das fand ich nun wieder nett.

Als wir uns verabschiedeten, nahm ich mir vor, es beim nächsten Mal trotzdem wieder zu versuchen. Es tat gut, mit diesen Frauen zusammen zu sein. Und außerdem erwachten meine schlummernden Englischkenntnisse zu neuem Leben.

* * *

Einen Tag später hatte ich endlich Moni am Telefon. Ich war so überrascht, dass es mir fast die Sprache verschlug.

»Moni? Bist du es wirklich? Ich kann es gar nicht glauben!«

»Warum wunderst du dich so?«

»Weil ich mindestens ein Dutzend Mal bei euch angerufen habe. Hat dir denn Annette nichts gesagt?«

»Doch, hat sie. Aber ich hatte keine Zeit.«

»Du hast nicht mal Zeit für einen Anruf! Hast du denn so viel zu tun? Ach Moni, mein Liebling, ich vermisse dich so!«

Es blieb einen Augenblick still und ich dachte schon, die Leitung sei unterbrochen, bis Moni sagte: »Na, nun hast du mich ja erreicht.«

Ihr Tonfall zeigte unmissverständlich, dass sie genervt war, kaum dass wir zwei Sätze miteinander gesprochen hatten. Mir kam es vor, als wäre ich gegen eine Wand gerannt. Es war dieselbe Wand, die schon einige Zeit zwischen uns stand und einfach nicht einzureißen war. Dabei wusste ich nicht einmal, wodurch sie entstanden war! Die Versuchung war groß, den Hörer einfach auf die Gabel zu legen – aber noch war ich nicht bereit, mich damit abzufinden.

»Also gut, hör zu!«, sagte ich. »Ich weiß, dass du seit einiger Zeit nichts mit uns zu tun haben willst. Aber ob es dir nun gefällt oder nicht, wir sind immer noch eine Familie. Du gehörst dazu, auch wenn dich nichts mehr interessiert, was uns betrifft.

Aber das, was ich dir sagen will, geht auch dich etwas an. »Ich werde …« Plötzlich fand ich nicht die richtigen Worte und begann zu stottern. Das machte mich ärgerlich, schließlich musste ich mich ja nicht entschuldigen. Ich nahm einen zweiten Anlauf und sagte: »Wir bekommen ein Kind, ich bin in anderen Umständen.«

Wieder Funkstille, aber nur einen Atemzug lang, dann kam ein kurzes Auflachen, das sich nicht gerade freundlich anhörte. »Ein Kind? Bist du nicht etwas zu alt dafür?«

»Nein Monika, wie du siehst, bin ich dafür noch nicht zu alt.«

»Was soll ich dazu sagen? Herzlichen Glückwunsch?«

»Das wäre eine Möglichkeit. Die andere wäre, dass du vielleicht wieder nach Hause zurückkommst. Wir lieben dich doch und vermissen dich so sehr.«

»Ach Mutter … Immer die alte Leier. Mir geht es hier sehr gut, und ich hab's viel näher zur Uni. Außerdem – ihr braucht mich sowieso nicht – jetzt noch weniger als früher.«

»Das stimmt doch gar nicht, Moni«, protestierte ich, aber da klickte es schon in der Leitung – unser Gespräch war zu Ende.

Ich wollte sie gleich noch einmal anrufen, legte aber wieder den Hörer zurück. Es war zwecklos, ein weiterer Versuch würde die Mauer zwischen uns womöglich noch wachsen lassen. Moni wollte nicht zurückkommen, nicht mal mit mir reden, daran änderte auch das Baby nichts. Wieder spürte ich, wie mich diese Gedanken lähmen wollten und zwang mich, sie abzuschütteln.

Ich ging in die Küche und suchte mir ein kompliziertes Rezept für einen Kuchen aus, das meine ganze Aufmerksamkeit erforderte. Während ich Eier aufschlug und Butter abwog, hör-

te ich im Souterrain meine Schwiegermutter werkeln. Auch sie schien voll in Aktion zu sein, denn Türen knallten und irgendetwas Schweres rumpste zu Boden. Ich hatte sie heute früh nur ganz kurz gesehen, als sie Christoph ein paar Kekse für die Arbeit mitgeben wollte. Ich beeilte mich mit dem Teig, füllte ihn in die Form und schob sie in den Backofen. Dann ging ich nach unten nachsehen.

Im Flur war es kalt und stockfinster. Als ich den Schalter berührte, hörte ich ein leises Stöhnen. Meine Schwiegermutter lag ausgestreckt auf dem Boden, die Augen geschlossen. Sie hatte nichts weiter als ihre Unterwäsche an, obwohl bereits Mittag war. Der Schreck fuhr mir in die Glieder.

»Mama! Was ist geschehen?«

Wieder nur ein Stöhnen. Ich richtete sie vorsichtig auf, bis sie sitzen und sich an der Wand abstützen konnte. Ihre Haut war ganz kalt, ihre Glieder steif.

»Bist du gefallen?«

»Mir ist so kalt«, brachte sie mühsam hervor.

Irgendwie gelang es mir, sie in ihr Bett zu bringen. Ich deckte sie gut zu, legte ihr eine Wärmflasche an die Füße. Ihr Gesicht sah eingefallen aus, die Augen lagen tief in den Höhlen, die Haut wächsern wie dünnes Pergament. So elend hatte ich sie noch nie gesehen. Ich legte meine Arme um sie und küsste ihre Wangen. Sie tat mir so Leid.

»Mama, was ist nur geschehen mit dir?«

»Jetzt ist mir schon wärmer«, sagte sie.

Ich lief nach oben und rief den Arzt an, der sie schon einige Male behandelt hatte. Er wohnte nicht weit von uns entfernt und versprach, in einer halben Stunde da zu sein. Dann rief ich in Christophs Büro an und bat Elke Schrader, ihm irgendwie Bescheid zu geben, dass es seiner Mutter nicht gut gehe.

Als ich wieder unten bei meiner Schwiegermutter war, stellte ich erleichtert fest, dass sie inzwischen ein wenig besser aussah, nicht mehr so erschreckend bleich wie vorher.

»Mama, möchtest du jetzt vielleicht etwas essen oder trinken?«, fragte ich.

»Nein, ich habe doch schon Mittag gegessen.«

»Wirklich? Hast du dir etwas gekocht? Oder was hast du gegessen?«

Sie überlegte lange, dann meinte sie: »Ich glaube, ich hatte Kartoffeln gekocht, die bekommen mir immer so gut. Ja, es waren bestimmt Kartoffeln.«

Ich ging in ihre Kochnische nachsehen. Es war alles blitzsauber, nichts stand herum. Sie hielt immer alles sauber und ordentlich, sich selbst eingeschlossen. Ich fand weder Kartoffeln noch irgendwelche Reste von Schalen. Der Mülleimer war völlig leer. Alles sah aus, als wäre es lange nicht benutzt worden. Dann öffnete ich den Kühlschrank und fand verdorbenes Obst und Gemüse darin und eine Schüssel mit gekochten Kartoffeln, die von einer dicken Schicht Schimmel überzogen waren. Sollte es möglich sein, dass sie schon seit Tagen außer Keksen und trockenem Brot nichts gegessen hatte? Und ich hatte nichts davon gemerkt! Mir schlug das Gewissen, dass ich mich so wenig um sie gekümmert hatte.

Es klingelte und ich ließ den Arzt ein. Ich war erleichtert, dass er so schnell gekommen war. Er war ein älterer Mann, einer der wenigen in der Gegend, der Hausbesuche machte. In seiner Praxis ging es viel ruhiger zu als bei seinen jüngeren Kollegen und er nahm sich Zeit für seine Patienten. Ich erklärte, was geschehen war, während wir nach unten gingen.

Mamas Gesicht hellte sich auf, als sie ihn sah.

»Guten Tag, Frau Koch. Ja, was machen Sie denn da für Ge-

schichten?«, fragte er aufmunternd und setzte sich an ihr Bett. Während Mama ihre Beschwerden schilderte, tastete und klopfte er ihren ganzen Körper ab. Er fühlte ihren Puls, hörte ihr Herz ab und besah sich Hände und Augen.

»Liebe Frau Koch«, sagte er. »Ich denke, wir schicken Sie mal für ein paar Tage ins Krankenhaus.«

Das jagte mir Angst ein. »Ist es denn so schlimm?«

»Was habe ich denn, Herr Doktor?«, wollte Mama wissen.

»Nichts Ernstes«, sagte er beruhigend. »Sie sind nur ein bisschen von Kräften gekommen. Im Krankenhaus wird man Sie wieder aufpäppeln und die richtige Medizin für Sie finden. Weiter nichts. Machen Sie sich keine Sorgen, Sie werden noch hundert Jahre alt werden.«

Mama lachte und mir fiel ein großer Stein vom Herzen.

13.

Ich fuhr über die Autobahn zum Flughafen, um Erika abzuholen. Es war später Nachmittag, und wie tagtäglich um diese Zeit ging es nur quälend langsam vorwärts, Stoßstange an Stoßstange, Stumpfsinn an Stumpfsinn. Wenn ich es eilig habe – also eigentlich immer –, platzt mir auf diesen letzten zehn oder fünfzehn Kilometern regelmäßig der Kragen, und ich stoße erbarmungslos nach links oder rechts in jede sich öffnende Lücke, weil ich sonst wahrscheinlich ein Viertel meines Lebens am Frankfurter Kreuz zubrächte. Heute aber hatte ich ausnahmsweise Zeit, denn mein Besuch am Krankenhausbett meiner Mutter war viel kürzer als geplant verlaufen. Ich glaube, sie hatte mich gar nicht erkannt.

Nein, es sei nichts wirklich Ernstes, nichts Organisches, hatte mir der Stationsarzt gesagt, als ich ihn auf dem Flur einmal kurz zu fassen kriegte. Und während er schon auf die nächste Tür zusteuerte, ergänzte eine der Schwestern noch: »Sie kann wahrscheinlich übermorgen raus. Rufen Sie uns an.«

Das schreckliche Wort, das alle Welt fürchtete und wir zu Hause kaum gewagt hatten auszusprechen, war also nicht gefallen! Kein Alzheimer! Vielleicht aber auch nur: noch nicht, hatte ich gedacht, als ich wieder vor Omas Bett stand. Sie sah doch ziemlich schmal aus, ganz anders, als sie mir in immer noch sehr lebendiger Erinnerung war. »Stattlich« hatte man das damals genannt, ein Wort, bei dem ich heute noch grinsen musste. Es stammte wohl auch noch aus einer Zeit, als selbst die Sopranistinnen auf der Opernbühne meiner Heimatstadt stattlich aussehen durften, ohne dass sich jemand daran störte.

Und dann hatte sie plötzlich die Augen offen, hatte mich angesehen und gesagt: »Du bist es!« Ganz ungläubig, als könnte sie nicht fassen, was sie sah.

»Ja, ich bin es«, hatte ich geantwortet, mich zu ihr gebeugt und ihr einen Kuss gegeben.

»Kommst du mich holen?« Ihr Gesicht hatte dabei so glücklich und fast so jugendlich ausgesehen, wie auf den Fotos in unseren Zigarrenkisten. »Komm, lass uns doch nach Hause gehen. Wir wollen es uns gemütlich machen, nur wir zwei.« Selbst ihre Stimme war jung geworden.

In dem Augenblick hatte ich begriffen, dass sie mich mit meinem Vater verwechselte und war mir beinahe wie ein Dieb vorgekommen. Ich war in etwas eingedrungen, das nur meiner Mutter und meinem Vater gehörte, eine Liebe, mit der ich nichts zu tun hatte und die noch lebte, obwohl sie längst kein Gegenüber mehr hatte. Kurz darauf war ich gegangen, immer noch als ihr Mann, der sie bald nach Hause holen würde, und sie hatte mir nachgesehen, als teilten wir beide jetzt ein süßes Geheimnis.

Arno, dieser eiskalte Hund, hatte schon den Nagel auf den Kopf getroffen, als er mich ein Sensibelchen nannte, dachte ich, als die Kolonne auf meiner Spur mal wieder zum Stillstand kam. Minuten zuvor war mir eine Szene in den Sinn gekommen, die ich nie vergessen hatte, obwohl sie schon viele, viele Jahre zurücklag. Damals hatten mein Vater und dessen Freund mich auf eine Wanderung mitgenommen, und weil sie begeisterte Chorsänger waren, schmetterten sie unterwegs ein Lied nach dem anderen. Das war im Weserbergland gewesen; wir hatten gerade den Wald hinter uns gelassen, hatten freie Sicht auf die Weser und Bodenwerder, und die beiden sangen: »Er nahm die Büchse, schlug sie an den Baum und sprach: das Leben ist ja nur ein Traum!«

Ich weiß noch, dass mein Vater mir erklärte, die Büchse sei keine Cola-Dose gewesen, sondern ein Gewehr, und der Mann ein Soldat, der nie mehr auf andere Menschen schießen wollte.

»Und weshalb ist das Leben ein Traum?«, hatte ich gefragt.

»Weil es so kurz ist. Aber um das zu verstehen, muss man viel älter sein.«

Vorhang zu, das war's. Keine Ahnung, weshalb mir ausgerechnet diese Szene im Gedächtnis geblieben war, vielleicht wegen der Cola-Dose. Und immer, wenn ich in unseren alten Fotos stöberte, musste ich daran denken. All die Gesichter, fröhliche, glückliche, stolze, ernste, all die Feiern und Feste – alles Schnee von gestern. Mein Vater, Margas Eltern, unsere Onkel und Tanten, alle tot. Es gab eine Zeit, da schreckten wir bei jedem Anruf zusammen, der nach zehn Uhr abends kam.

Mein Vordermann sauste plötzlich los und war schon kostbare fünfzig Meter weg, bevor ich überhaupt den ersten Gang drin hatte. Doch diesmal schlüpfte keiner in die Lücke, es ging auf ganzer Breite vorwärts. So unvermittelt aus den Gedanken gerissen zu werden, tat gut, es klärte meinen Kopf, und mit jedem Meter entfernte ich mich mehr aus der Vergangenheit. Jeder hat seinen Anfang und sein Ende, aber hier, links und rechts, vor und hinter mir, da gab das Leben Vollgas. Und bei uns zu Hause wartete noch ganz verborgen schon wieder ein Anfang! Erika wird staunen, dachte ich schmunzelnd und schob den fünften Gang ein.

* * *

Ich traf etwa zehn Minuten nach der planmäßigen Ankunft von Erikas Maschine am Flughafen ein, parkte auf einem unserer ständigen Firmenplätze im Haus neben dem Airport-Center und hetzte zur Ankunftshalle. Es war kurz nach fünf, und der Flieger war tatsächlich bereits gelandet. Also leider zu knapp für einen Cappuccino am Meeting-Point.

Sie kam übrigens nicht aus Ankara, sondern aus Athen. Am Sonntagabend hatte sie von dort aus die veränderte Ankunftszeit durchgerufen und mir dann vor allem in allen Einzelheiten die wunderschöne Aussicht auf die hell erleuchtete Akropolis beschrieben, die sie im selben Augenblick von ihrem Hotelzimmer aus genoss. Danach hatte ich gar nicht mehr gefragt, wieso sie aus Athen anriefe. Bei Erika war ich inzwischen auf alles gefasst; selbst wenn es Rio de Janeiro gewesen wäre, hätte ich mich kaum gewundert.

Vor den Ausgangstüren des Zolls herrschte dichtes Gedränge. Um meine nicht eben hoch gewachsene Kusine ja nicht zu verpassen, verbrachte ich die nächsten zähen Minuten deshalb fast ausschließlich auf Zehenspitzen in einer der hinteren Reihen, wobei mir der früher sehr bekannte Fußballtrainer einfiel, den die Fans wegen seiner kleinen Gestalt nur »den laufenden Meter« nannten. Kaum hatte ich's gedacht, da bohrte mir jemand etwas Spitzes in den Rücken. Ich sah mich um – Erika lächelte mich an, mit noch erhobenem Spazierstock.

»Da bin ich!«

»Seit wann läufst du denn mit so etwas herum?«

»Es hilft gegen Taschendiebe.«

Sie sah aus, wie auf einem älteren Expeditionsfoto: Wollmütze, grauer Parka, derber Rock und schwere Stiefel. »Wir können gehen«, sagte sie, nachdem sie mich auf beide Wangen geküsst hatte.

»Und dein Gepäck? Soll ich eine Karre holen?«

Sie wies auf eine mittelgroße Nylontasche. »Das ist alles. Der Rest ist in Athen geblieben.«

»Ja, was machst du eigentlich in Athen?«

»Man hat mich eingeladen, an den Ausgrabungen in Dyme teilzunehmen. Aber die Arbeiten beginnen erst Mitte April.«

»Und deine Arche? Nein, erzähl's mir lieber unterwegs, damit wir hier rauskommen.«

Etwa eine viertel Stunde später überquerten wir das Frankfurter Kreuz in Richtung Würzburg. Verglichen mit ihrer üblichen Gesprächigkeit hatte sie bis jetzt noch nicht viel gesagt, nur über das überfüllte Flugzeug, den grauen Himmel und den dichten Verkehr geschimpft. Letzteres gerade in dem Augenblick, als ich zu einem etwas riskanten Überholmanöver ansetzte.

»Du fährst wie die Taxifahrer in Ankara!«

Ich fühlte mich geehrt, zog an dem Lkw, der mir die Sicht versperrte, vorbei und fädelte mich wieder auf meiner Spur ein. »So, den hätten wir! Und nun erzähl endlich. Was ist los mit der Arche? War doch etwas faul mit diesem russischen Flieger? Wie hieß er noch?«

»Vladimir Roskowitzky. Nein, das glaube ich nicht. Ich habe die Kopie seines Berichtes aus Amerika bekommen. Was er schrieb, ist fantastisch, aber eigentlich nur dann, wenn man die ganze Geschichte von vornherein für ein Märchen hält.«

»Vielleicht hat er ja wirklich Märchen erzählt!«

Sie schüttelte den Kopf. »Ich glaube nicht, dass er das getan hat.«

»Geglaubt hat ihm aber offenbar keiner!«

»Der Pastor, von dem ich dir erzählt hatte, schon.«

»Aber warum gab es nie die große Schlagzeile, nie die Sensation, nichts, gar nichts?«

»In einer Zeit, in der sogar die Theologen die Bibel entmythologisieren, wundert mich das überhaupt nicht! Aber das ist für mich kein Maßstab.«

Sie bemerkte meinen erstaunten Seitenblick und sagte: »Ich bin überzeugt, dass die Bibel die Wahrheit sagt. Im Übrigen, tu mir den Gefallen und sieh nicht immer mich an, sondern ausschließlich nach vorn, sonst sage ich kein Wort mehr!«

Ich musste grinsen, und eine Weile widmete sie sich nur dem Inhalt ihres Geldgürtels, den sie auf ihren Schoß gezogen hatte. Sollte ich jetzt mit *meiner* Neuigkeit herausplatzen? Eigentlich konnte ich damit kaum noch an mich halten, aber ich hatte Marga versprochen, es erst im Kreis der Familie zu verraten. Also meldete ich mich bei meiner Nachbarin zurück: »Ist dir klar, dass du mir immer noch nicht erzählt hast, was los ist? Sucht ihr sie nun oder sucht ihr sie nicht?«

»Ich habe die Expedition abgeblasen!« Sie zog den Reißverschluss der Gürteltasche mit einem Ruck zu, als wollte sie ihren Worten zusätzlichen Nachdruck verleihen.

»Abgeblasen? Ich denke, du zweifelst nicht an dem Bericht!«

»So ist es. Gerade weil ich ihn ernst nehme, habe ich es getan. Es scheint erwiesen, dass die Arche zwischen 1917 und 1955 auf dem Ararat entweder von Eismassen begraben oder völlig zerstört worden ist. Das würde auch erklären, weshalb weder Satellitenfotos noch Flugzeugaufnahmen etwas erkennen lassen.«

»Und wie kommst du auf die Zeit zwischen 1917 und 1955?«

»Weil der Russe seinen Fund 1917 gemacht hat und ein Franzose einen anderen 1955. Leider hatte ich keine Ahnung, dass dieser Franzose – er hieß Fernand Navarra – in den sechziger oder siebziger Jahren ein Buch darüber verfasst hat. Erst Friedrichs Studienfreund in Ankara hat mich darauf aufmerksam gemacht. Es ist ein bebilderter Expeditionsbericht, auch das Fernsehen soll damals etwas gebracht haben. Die Nachricht geriet aber schnell in Vergessenheit, denn der Mann hatte im Eis des Ararat nur Holzreste gefunden, bearbeitete Balken, die er als Reste der Arche auffasste, und ich glaube sogar, dass er Recht hatte. Wie sollten Balken sonst oben auf den Ararat kommen? Dorthin begibt sich normalerweise kein Mensch, schon gar nicht, um eine Hütte ins Eis zu setzen. Das war damals deshalb auch eine kleine Sensation, aber eben nur eine kleine, weil sie keine Fantasien auslöste. Man kann zwar annähernd das Alter von Holz bestimmen, doch das sagt nichts darüber aus, wozu es gedient hatte. Baumstamm bleibt Baumstamm.«

Ich musste plötzlich scharf abbremsen, weil sich ein Wohnwagenfahrer in die Lücke vor uns zwängte. Erika suchte Halt am Armaturenbrett.

»Immer diese Rentner! Tut mir Leid«, entschuldigte ich mich. »Aber lass dich doch nicht stören, ich finde es sehr spannend.«

»Ich finde dich eher beängstigend«, knurrte sie. »Na schön, ich bin gleich fertig. Für mich war das jedenfalls der entscheidende Grund, nicht weiterzumachen. Da ich keinen der beiden Berichte anzweifele, lohnt sich die Suche nicht mehr für mich. Unser Freund war zwar enttäuscht, er hatte sogar schon Bergführer ausfindig gemacht, aber ich habe ihn gut bezahlt.«

»Jaaa ...«, dachte ich laut nach. »Hättest du nicht trotzdem ... Ich meine, bei so viel Vorbereitung wären doch ...«

»Mein lieber Christoph! Ich wollte die Arche finden, nicht ein paar Balken!«

Sie klang so entrüstet, dass ich laut auflachte. »Erika, du bist ja ein Snob!«

Der Ansicht war sie allerdings ganz und gar nicht. Immerhin hätte die Expedition den Namen ihres Mannes nicht nur tragen, sondern auch noch für alle Zeiten bekannt machen sollen.

»Friedrich von Beckenstumpf ist ein Name«, betonte sie, »der schon für sich genommen das gewisse Etwas hat. Ich könnte es nicht ertragen, ihn in Zusammenhang mit

Holzresten in der Geschichte der Archäologie genannt zu wissen.«

Das sah ich ein. Anschließend erzählte sie mir noch, was sich in Athen ereignet hatte. Eigentlich sei sie nur aus Enttäuschung hingeflogen, habe dann aber das Deutsche Archäologische Institut aufgesucht und dort von einer neuen Grabung in der uralten Festung von Dyme erfahren.

»Stell dir vor, man hat mich sofort an die Griechen vermittelt! Und weißt du auch, weshalb? In Dyme haben Friedrich und ich nämlich schon auf unserer Hochzeitsreise bei der ersten Grabung mitgemacht, das war 1965! Ich werde es dir erzählen, damit du mir nicht noch am Steuer einschläfst.«

Ich ersparte mir die Antwort. Die Gefahr, in Gegenwart meiner Kusine versehentlich einzuschlafen, war mit Sicherheit noch unwahrscheinlicher, als doch noch die Arche Noah zu finden. Erika war einfach nicht zu bremsen, ein weibliches Stehaufmännchen, nie wehleidig, nie falsch. Aber auch, wenn ich sie inzwischen ganz gut kannte, so überraschte sie mich doch immer noch mit unerwarteten Bekenntnissen. Zum Beispiel, als sie vorhin diese Bemerkung über die Bibel machte – das war neu für mich. Komisch, wie das alles zusammen kam: Mike mit seiner Kinderbibel, Wolfgangs alte und neue Frau Gisela, unsere Nachbarin Pamela und jetzt Erika. Während mir das durch den Kopf ging, rauschten an meinem rechten Ohr aus Erikas Mund Namen und Jahreszahlen vorbei, von Herakles bis Augustus und von der Jungsteinzeit bis zur Grabungskampagne von 1965. Ehrlich gesagt, es waren alles böhmische Dörfer für mich.

Der Abend wurde dann noch – nicht nur wegen »Karlchen« und trotz Moni und Oma – sehr lustig. Die beiden Frauen verstanden sich prächtig, und selbst Nico und Dirk fanden offensichtlich viel Gefallen an dieser ihnen kaum bekannten, burschikosen Tante. Das Gleiche galt für Flipper, vermutlich weil Erika nichts dabei fand, ihm beim Essen gelegentlich einen Happen zuzustecken. Als er wieder einmal begeistert seine Schnauze an der Serviette auf ihrem Schoß gerieben hatte und Marga ihn ausschimpfte, meinte Erika: »Ach, lass ihn nur. Er hat doch keine eigene.« Das dürfte künftig zum geflügelten Wort bei uns werden.

14.

Die Sonne schien, es war frühlingshaft warm und aus dem geöffneten Küchenfenster stieg mir der Duft von Kaffee, Rühreiern und Speck in die Nase. Ich hörte Christoph mit Geschirr hantieren, die Stimmen und das Lachen der beiden Jungs und im Hintergrund Melodien von Gershwin. Eigentlich war es ein Samstagmorgen, wie er schöner nicht sein konnte, doch seit Moni fehlte, war kein Wochenende mehr wie früher, schon gar nicht Christophs Frühstück, auch wenn wir alle so taten.

»Du sollst mit dem Hacken aufhören und reinkommen«, rief Dirk durchs Fenster. »Befehl vom Koch, ich meine vom Koch Koch!«

»Na schön, ich komme«, seufzte ich. Am liebsten hätte ich noch ein bisschen weitergemacht, aber Christoph musste weg. Der Stationsarzt hatte zugestimmt, Oma ausnahmsweise schon um halb elf zu entlassen. Offenbar war sie inzwischen wieder in so guter Verfassung, dass er froh war, sie loszuwerden. Das waren Christophs Worte, nicht meine. Obwohl – nachfühlen konnte ich's.

Wegen des Krankenhaustermins fiel unser übliches Frühstückspalaver diesmal noch kürzer aus als in den letzten Wochen. Dirk berichtete nur am Rande von der letzten Vorlesung an der Uni, bei der es zu einem Streit zwischen dem Prof und einem aufmüpfigen Studenten gekommen war. In Nicos Lieblingsthema, die Quantentheorie, stiegen wir gar nicht erst ein, denn jeder von uns schien mit anderen Dingen beschäftigt zu sein. Kaum waren die Teller leer, machte sich Christoph auf den Weg. Auch Nico und Dirk verschwanden. Sie wollten auf einem Autofriedhof nach Ersatzteilen für den alten Bus suchen.

Mir war das ganz recht. Ich trank noch eine Tasse Milch, dann ging ich zurück zu meinen Blumen. Bei meinem letzten Einkauf hatte ich im Überschwang der Gefühle unter anderem zwei Dutzend Primeln gekauft. Die leuchteten in den prächtigsten Farben und sollten endlich in die Erde kommen. Ich wollte sie in das Beet pflanzen, das wir vom Wohnzimmer aus voll im Blick hatten. In ihrer prallen Schönheit schienen sie mir fast wie der Inbegriff unserer neuen Lebensphase. Jedenfalls hatte ich das vor zwei Tagen so empfunden. Doch seit gestern war meine Unbekümmertheit verflogen, wie ein kühler Hauch hatte mich etwas angeweht.

Ich war zu der üblichen Routineuntersuchung beim Arzt gewesen. Die Blutabnahme war in Ordnung, Schwangerschaftshormone schwammen durch meine Adern, ein klarer Hinweis auf neues Leben. Aber beim Ultraschall hatte der Arzt nichts Genaues erkennen können, nur einen schwachen Schatten.

»Das macht nichts«, meinte er. »Wahrscheinlich sind wir damit noch ein bisschen zu früh. Der Termin lässt sich nicht genau bei Ihnen festsetzen. In zwei Wochen werden wir bestimmt ein klareres Bild haben. Lassen Sie sich von der Sprechstundenhilfe gleich einen neuen Termin geben.«

Er hatte es ganz ruhig und sachlich gesagt, keine Besorgnis in der Stimme, kein ernster Blick. Und doch … Ich wurde seitdem das Gefühl nicht mehr los, dass irgendetwas nicht stimmte. Eigentlich wunderte ich mich schon seit Tagen, warum sich nichts veränderte. Mein Taillenumfang war nicht weiter gewachsen, mein Körper sendete keinerlei Signale aus. Bildete ich mir vielleicht alles nur ein? Meine Fantasie hatte mir schon manchen Streich gespielt. Auf jeden Fall behielt ich meine Gedanken für mich. Als Christoph mich gestern Abend nach dem

Ergebnis der Untersuchung fragte, versicherte ich ihm glaubwürdig, dass alles in Ordnung sei.

Ich hatte niemals Probleme gehabt bei meinen Schwangerschaften, weder bei Nico, noch bei Dirk oder Moni. Außer Brechreiz in den ersten Monaten und den Behinderungen durch einen voluminösen Bauch, war immer alles ohne Schwierigkeiten gelaufen. Ich war wirklich verwöhnt, mir dessen aber niemals bewusst gewesen. Wenn ich an die Komplikationen anderer Frauen dachte, wie geduldig sie vieles auf sich nahmen, wie viele Enttäuschungen sie einstecken mussten! Ich kannte eine Frau, die fünf Fehlgeburten hatte, bevor sie endlich ein Kind normal zur Welt brachte. Welche Qualen sie ausgestanden haben musste! Und ich – ich sorgte mich schon wegen eines Schattens auf dem Bildschirm! Hab Geduld, musste ich mir immer wieder sagen, ob es sich nun um »Karlchen« oder um Moni handelte.

Als Christoph und ich heirateten, waren unter unseren Geschenken mehrere Sätze wundervoller Handtücher, in Hellblau, einem tieferen Blau und in Rosa. Damals hatte ich mir sehnlich gewünscht, dass wir entsprechend zwei Söhne und eine Tochter bekommen würden. Tief im Innern hatte ich nämlich gefürchtet unfruchtbar zu sein, wie zwei meiner Tanten. Aber die Angst war zum Glück unnötig, denn prompt nach ein paar Monaten meldete sich Nico an – und wurde später in seine hellblauen Tücher nach dem Bad gewickelt. Welch eine Freude!

Einige dieser Handtücher benutzten wir noch immer. Doch gestern war mir wieder eingefallen, dass es damals noch einen vierten Satz Tücher gegeben hatte, ganz in Weiß. Ich war zurückgeschreckt, als wir sie zur Hochzeit erhielten, mir schien die Farblosigkeit eine Bedeutung zu haben – weiß wie der Tod eines Babys. Ich hatte sie immer nur ungern aus dem

Schrank genommen. Aberglauben, welch dummer Aberglauben, schalt ich mich jedesmal dabei. Nicht einmal Christoph hatte ich je davon erzählt.

Die Primeln steckten endlich alle im Beet. Wie wunderbar es aussah, ein wahres Meisterwerk. Gab es etwas Schöneres als den Frühling mit all seinen Verheißungen? Der Duft der Erde berauschte mich fast mehr als die teuren Parfume, die Christoph mir immer zum Geburtstag und zu Weihnachten schenkte.

Ich machte mich an die beiden Rabatten im »Vorgarten«. Selbst mit Anführungsstrichen grenzte diese Bezeichnung noch an Hochstapelei, aber dafür war die Herausforderung umso größer. Pamela und Bob hatten gar nicht erst versucht, auf ihrer Seite etwas anzupflanzen; sie wohnten ja auch nur zur Miete und blieben selten länger als zwei oder drei Jahre am selben Ort. Kaum hatten sie sich eingewöhnt, klagte Pamela, bekäme Bob von seiner Bank schon wieder neue Aufgaben in einem anderen Land zugewiesen. Als sie mir das erzählte, hatte ich es zunächst ganz unbeteiligt zur Kenntnis genommen, doch inzwischen stimmte mich die Aussicht, sie vielleicht schon bald wieder zu verlieren, beinahe traurig.

Eben war ich damit beschäftigt, einen unserer griechischen Tontöpfe zu bepflanzen, als ich Christophs Auto kommen hörte. Wie spät war es denn? Tatsächlich schon kurz vor zwölf? Ich lief ins Haus, nahm den Bogen Papier, auf den Christoph heute Morgen »Herzlich willkommen, Oma!« gemalt hatte und klebte ihn schnell noch an die Haustür. Christoph half Mama gerade beim Aussteigen.

»Da sind wir!«, rief er mir über die Schulter zu. »Schau sie dir an. Sieht sie nicht wie ein junges Mädchen aus?«

»Ja, wunderbar!« Sie sah wirklich gut erholt aus.

»So was kommt von so was«, meinte Oma, während ich sie an mich drückte. »Die Giftmischer haben mich ja auch jeden Tag vollgepumpt.«

Sie rückte sich ihren Hut zurecht, als ihr etwas aufzufallen schien. Jedenfalls musterte sie unser Haus, als hätte sie es noch nie gesehen.

»Da ist also mein Geld geblieben!«

Ich sah Christoph an, er sah mich an.

»Welches Geld?«, fragte er lachend.

»Mein Geld! Ihr könnt mir viel erzählen. Ihr habt doch neu renoviert inzwischen!«

»Nein, haben wir nicht«, beruhigte Christoph sie. »Komm, Mama, gehen wir rein.«

Ich ging zum Auto, um ihren kleinen Koffer zu holen, hörte aber noch, wie sie beim Weitergehen sagte: »Und ihr habt doch neu renoviert!«

Das war Oma, wie sie leibt und lebt. Sie hatte es eben gern doppelt. Ihr Vater hatte auch eine »Vogelvoliere« im Garten gehabt, ihr Onkel war »Orgelorganist« gewesen und sie hatten gleich neben einer »Salzsaline« gewohnt, damals in Niedersachsen, wo sie groß geworden war. Ein Zahnarzt hieß bei ihr auch immer noch Rachenputzer, ein Kellner Tellerwischer, die Friedhofsarbeiter Kuhlengräber und Mineralwasser »Sekt in Zivil«, um nur ein paar Oma-Wörter zu nennen. Keine Frage, sie war wieder völlig gesund.

15.

Tagebuch, 1. Eintrag, 15. März

Ich werde Wolfgang beim Wort nehmen. Mal sehen, was dabei rauskommt.

Die ganze Welt scheint voll von Fotos kleiner Kinder zu sein. Für mich war das alles längst eine in Erinnerungen und Alben versunkene Vergangenheit. Und jetzt erlebt sie eine nie für möglich gehaltene Auferstehung! Freude liegt in der Luft, wie man so sagt, wenn einem nichts Besseres einfällt. Viele unserer Bekannten kennen jetzt die Neuigkeit und die meisten reagieren beinahe gerührt. Am allerwenigsten hätte ich das von Otto Schwanitz erwartet, weil er sich mir gegenüber immer etwas auf Distanz gehalten hatte, als er der »Direktor« war und ich sein Stellvertreter. Wie so viele Pensionäre kann er einfach nicht loslassen und taucht immer mal wieder im Büro auf, so wie vorgestern. Nachdem er die Neuigkeit erfahren hatte, erschien er nachmittags ein zweites Mal und drückte mir Informationsmaterial für späte Eltern in die Hand (das wir natürlich schon hatten). Ich fand es trotzdem sehr nett und aufmerksam, er hatte es sich von seiner Schwiegertochter, einer Ärztin, besorgt.

Noch ein Wort zu Mama. Marga und ich hatten gefürchtet, sie könnte gleich wieder falsche Schlüsse ziehen und vom Altersheim reden, weil wir jetzt weniger Platz im Haus haben werden. In den ersten Monaten nach ihrem Einzug, wenn wir mal nicht gleich auf sie hörten, war das ihr ständiger Vorwurf gewesen: »Ich bin ja doch bloß überall im Weg, steckt mich doch gleich ins Altersheim!« Bis jetzt aber kein Wort davon. Sie nimmt es hin, als wäre es das Normalste von der Welt. Genauso soll es auch sein, irgendwie kriegen wir das schon hin! Selbst wenn Moni noch mal zurückkäme, wer weiß denn, was Nico vorhat. Irgendwann wird auch er gehen. Aber bevor das Problem tatsächlich ansteht, haben wir noch viel Zeit.

16.

Heute Morgen rief die Agentur für Arbeitsvermittlung an und fragte, ob ich an einem Job für nur eine Woche interessiert wäre. Ich war es nicht. Selbst als die Sachbearbeiterin verriet, dass die Firma ausdrücklich nach mir verlangt hatte, blieb ich bei meiner Entscheidung.

Es verging keine halbe Stunde, da war Frau Ahlberg am Apparat. Frau Ahlberg, Sekretärin des Finanzvorstands! Die Bank – Dr. Klein! Sie kamen mir vor wie Wesen aus einer anderen Welt, die ich längst hinter mir gelassen hatte. Waren wirklich erst ein paar Monate seit meinem letzten Job vergangen oder schon Jahre?

Ich hatte nie gewusst, wie freundlich und charmant Frau Ahlberg sein konnte; als ich neben ihr im Büro saß, war kein einziges nettes Wort über ihre Lippen gekommen. Jetzt beschwor sie mich in den lieblichsten Tönen, doch für eine Woche einzuspringen, um einen Engpass zu überbrücken. Ich hätte mich so schnell und so gut eingearbeitet, und Dr. Klein sei mit keiner anderen Aushilfe zufrieden zu stellen. Ob ich es mir nicht doch überlegen könnte …

Ich überlegte. Eine Woche Büroarbeit wäre eigentlich eine ganz nette Abwechslung. Damit würde ich die Zeit bis zum nächsten Arzttermin bestimmt besser überstehen und nicht ständig an den Ultraschall denken. Wegen Oma konnte ich ganz beruhigt sein, sie kam wieder gut allein zurecht. Sie weigerte sich auch weiterhin, an unseren Mahlzeiten teilzunehmen und duldete keinerlei Bevormundung. Ich sah mehrmals am Tag nach ihr, traf sie auch meistens beim Zubereiten irgendeiner Mahlzeit an. Sogar Besuch lud sie sich schon wieder ein, ihre netten alten Damen aus der Siedlung. Nein, Oma brauchte meine Hilfe nicht. Wenn ich es recht bedachte, brauchte niemand mehr meine Hilfe. Moni war weg, Nico und Dirk sehr viel außer Haus, entweder an der Uni oder mit Freunden und Freundinnen zusammen. Die Hauptsache für sie war ein großer Pott Nudeln im Backofen zur ständigen Selbstbedienung. Und Christoph – der war so viel unterwegs. Das bisschen Haushalt ließ sich gut und gerne nebenher erledigen.

»Ja, ich komme!«

»Morgen? Wenn Sie es möglich machen könnten, Frau Koch …«

»Das klappt leider nicht, aber übermorgen.«

»Gut, dann übermorgen.«

Christoph war nicht sehr begeistert, dass ich arbeiten gehen wollte, auch wenn es nur für eine Woche war. Ich glaube, am liebsten hätte er mich in Watte gepackt, damit mir auch ja nichts passierte. Als ich ihm meine Gedanken erklärte, nahm er mich in die Arme und sagte, dass er mich aber brauchte, so dringend wie die Luft zum Atmen. Und unser Baby…? Ach ja, das tat mir richtig gut. Ich nahm seine Hände und legte sie auf meinen Bauch. Noch war es nicht so weit, aber schon bald würden wir Karlchens erste Bewegungen spüren. Wie sehr ich mich auf den Tag freute!

»Christoph, ich habe dir nicht alles gesagt«, entfuhr es mir fast gegen meinen Willen. »Die Ultraschalluntersuchung …« Nun kam doch alles raus, was ich Christoph auf keinen Fall hatte erzählen wollen. Es waren ja keine Fakten, nur eingebildete Sorgen, ganz sicher sogar unnötige Sorgen. Es tat mir richtig wohl, dass Christoph so ruhig und gelassen blieb und bestätigte, dass meine Fantasie schon oft Purzelbäume geschlagen *hatte. In solchen Momenten war ich immer sehr dankbar, dass er so sachlich blieb und für mich die starke Schulter war, an die ich mich anlehnen konnte.*

17.

Tagebuch, 2. Eintrag, 30. März

Es ist Donnerstag, kurz vor sechs Uhr morgens. Ich habe mich ins Wohnzimmer geschlichen, damit Marga nichts merkt. Die Ultraschallaufnahme liegt mir im Magen. Sie tut so, als verschwende sie keinen Gedanken daran, redet von den Hormonen im Blut, die doch das Gegenteil beweisen. Und ich spiele das Spiel mit. Aber ich habe plötzlich wieder Angst. Haben wir es vielleicht doch falsch gemacht? Was ist, wenn dies der erste Hinweis auf eine mögliche Behinderung wäre? Ich habe mich die halbe Nacht mit den schrecklichsten Gedanken beschäftigt, und das Schlimmste ist, dass Marga keine Ahnung hat, was in mir vorgeht. Die vier Tage auf dem Versuchsgelände sehne ich fast herbei, dann bin ich wenigstens aus dem Weg. Ich will versuchen, mich nicht verrückt zu machen. Vielleicht bin ich ja auch bloß ein großer Schwarzseher.

18.

Als ich mir am Abend meine Sachen für den nächsten Tag zurechtlegte – es musste morgens immer alles sehr schnell gehen, wenn ich arbeiten ging –, kam noch später Besuch. Wolfgang und Gisela Märtens standen vor der Tür – und hinter ihnen Meik!

»Sind wir zu spät?«, wunderte sich Wolfgang, von dem wir wussten, dass er erst richtig wach wurde, wenn normale Menschen sich schlafen legten.

»Nein, nein«, log ich tapfer und bat sie hereinzukommen. »Wir freuen uns doch, euch zu sehen.« Wenigstens das entsprach der Wahrheit.

Gisela war es schrecklich peinlich, als Christoph in Schlafanzug und Bademantel erschien. Sie wäre am liebsten wieder umgekehrt, aber Wolfgang hielt sie zurück. Er erklärte, dass Meik uns unbedingt besuchen wollte, bevor er zu seiner Gruppe zurückfuhr. Leider hatten sie sich ein wenig verspätet.

Meik schien noch immer so schüchtern wie früher zu sein und doch irgendwie verändert. Sein Gesicht war nicht mehr so eingefallen, die dunklen Ringe unter den Augen verschwunden. Er hatte ein paar Pfund zugelegt, wirkte kräftiger und gesünder als in den Wochen bei uns. Seine langen Haare waren glatt zurückgekämmt und im Nacken zusammengebunden. Als Christoph seinen Arm um ihn legte, so als sei nichts geschehen, leuchteten seine Augen auf. Man sah Wolfgang und Gisela an, wie froh sie darüber waren.

Ich holte ein paar Kekse aus der Küche und stellte Gläser mit Orangensaft hin, keinen Schnaps wie früher. Wolfgang erzählte, dass Meik in einer fabelhaften Gruppe sei, die von einer christlichen Vereinigung betreut würde. Sie wohnten in ei-

ner alten Villa, die man ihnen für wenig Geld überlassen hatte, die aber jede Menge Reparaturen brauchte. Da mussten alle anpacken, die körperliche Arbeit sei sogar Teil der Therapie.

Meik erkundigte sich, wie es der Oma gehe, und war enttäuscht, dass sie schon zu Bett gegangen war. Sie hatten sich ja auch wirklich gut verstanden, Oma und Meik, worüber wir uns alle sehr gewundert hatten.

Wir redeten über dies und das, Wolfgang berichtete von neuen Aufnahmen, Christoph von der Versuchsstrecke seiner Firma, die in zwei Tagen eröffnet werden sollte. Ein großes Ereignis, das ihn mal wieder von mir wegführen würde. Nur Gisela und ich blieben einsilbig, ich sah sie verstohlen gähnen und hoffte, dass der Besuch bald zu Ende sein würde. Ich wollte morgen ausgeschlafen auf meinem Job erscheinen.

Aus irgendeinem Grunde wurde es plötzlich still, als sei allen der Gesprächsstoff ausgegangen. Jetzt verabschieden sie sich bestimmt, dachte ich, aber da fiel mir auf, dass Wolfgang und Gisela ihren Sohn erwartungsvoll ansahen. Meik setzte sich auch tatsächlich so aufrecht hin, als sammle er seine Gedanken für eine Rede.

»Ich bin gekommen, weil ich …« Mitten im Satz blieb er hängen und machte einen neuen Ansatz: »Ich wollte euch bitten … Ach, es tut mir so Leid, dass ich das Geld gestohlen habe!«

Endlich war es heraus und alle atmeten auf.

»Ich habe wirklich Mist gebaut. Ihr ward so freundlich zu mir, alle, auch Nico und Dirk und Oma, ganz besonders Oma. Ich habe so vieles falsch gemacht. Auf jeden Fall bitte ich euch um Vergebung, euch alle. Ich möchte auch Oma noch um Vergebung bitten, aber leider schläft sie schon. Hier ist es!«

Er zog einen dicken Umschlag aus der Tasche und reichte ihn Christoph. Der nahm ihn und drückte Meik an sich.

»Wir sind dir nicht böse, Meik«, sagte er. »Aber wir freuen uns natürlich, dass du das Geld zurückgibst. Oma wird bestimmt ganz glücklich sein, wir werden ihr alles erklären.«

Meik sah mich an und fragte: »Kannst du mir auch vergeben, Marga?«

Die Formulierung fand ich ein bisschen eigenartig, das kam wohl von seiner christlichen Gruppe. »Natürlich, Meik. Ich vergebe dir.«

Er sah so zufrieden aus, als hätte er eine wichtige Sache zu einem guten Ende geführt. Jetzt wusste ich auch, was an ihm verändert war: seine Unruhe war verschwunden. Er schien mit sich selbst im Reinen zu sein.

Als die drei sich verabschiedeten – Gisela forderte ihren Mann zweimal dazu auf, er wäre sonst bestimmt noch länger geblieben –, hatten Christoph und ich unseren müden Punkt längst überwunden. Wir lagen noch lange wach im Bett und unterhielten uns, bis endlich der Schlaf kam.

* * *

Frau Ahlberg hielt, was ihre Stimme am Telefon erhoffen ließ – sie lächelte, als ich ihr Büro betrat, und freute sich aufrichtig, mich wiederzusehen. Nicht zu fassen! Was hatte sie so verändert? Auf jeden Fall war das ein netter Anfang meiner »Arbeitswoche«. Wir hatten jedoch kaum Zeit miteinander zu reden, denn Dr. Klein verlangte dringend nach ihr.

»Könnten Sie nicht reingehen? Er will was diktieren. Ich komme kaum nach mit meiner Arbeit.« Sie sah mich bittend an und hielt mir einen Notizblock hin.

»Natürlich«, antwortete ich und ging in sein Büro. Dr. Klein

saß an seinem Mahagonischreibtisch und sah erst auf, als ich »Guten Morgen« sagte.

»Ja, liebste Frau Koch! Welch eine angenehme Überraschung. Ich hatte erst Montag mit Ihnen gerechnet. Frau Ahlberg hatte mir gar nicht verraten, dass Sie schon heute …«

Das Telefon klingelte und unterbrach seine Begeisterung. Ich sah mich um. Nichts hatte sich hier verändert, vollendet gearbeitete Möbel – wenige nur, die die Größe des Raums unterstrichen – elegante Ledersessel, viel Chrom. Doch die Atmosphäre war anders als früher – es roch noch Arbeit, ziemlich hektischer Arbeit. Die Hektik zeigte sich auch in Dr. Kleins Gesicht, er sah angestrengt aus. Ob er wohl noch heimlich seinen Kognak kippte? Ich beobachtete, wie er zur Kaffeetasse griff, seine Hand schien nicht zu zittern. Vielleicht lenkte ihn die viele Arbeit sogar vom Trinken ab.

Bevor Dr. Klein mit seinem Diktat begann, erklärte er, dass alles, was ich in diesen Tagen erfahren würde, geheim gehalten werden müsste. Es liefen Verhandlungen, die von höchster Bedeutung seien und keinesfalls ans Licht der Öffentlichkeit gelangen dürften. Ich versprach, mit niemandem über diese Dinge zu reden.

Mir rauchte der Kopf, als ich nach einer Stunde aus dem Büro kam und in den Stuhl vor dem Computer sank. Jetzt verstand ich die Hektik und die Geheimniskrämerei. Die Bank wollte mit einer französischen Bank zu einem Merger zusammengehen. Einige Briefe hatte er mir auf Französisch diktiert, was bei mir ein paar Schweißausbrüche verursachte. Ich hatte mich schon lange nicht mehr damit befasst und musste mich ziemlich zusammenreißen, um keine Fehler zu machen.

»Na, wissen Sie jetzt, was hier los ist?«, lachte mich Frau Ahlberg zwischen zwei Telefonaten an. Bevor ich ant-

worten konnte, rief Dr. Klein sie zu einer Besprechung in sein Büro.

Ich ahnte, dass meine »Arbeitswoche« nichts Geruhsames an sich haben würde und freute mich schon nach wenigen Stunden auf mein Zuhause. Normalerweise gab es nichts Schöneres als den Freitagabend, wenn das Wochenende noch vor einem lag. Nur war es diesmal eine sehr beschnittene Freude, denn morgen früh musste Christoph nach Mecklenburg und würde erst am Dienstagabend wieder zurück sein. Diese dämliche Veranstaltung! Manchmal bekam ich einen richtigen Hass auf seine Firma!

19.

Ich holte gerade meinen Mantel aus dem Schrank, da meldete sich das Telefon. Du kannst mich mal! dachte ich. Irgendwann muss Schluss sein! Es gibt auch noch ein Leben nach Feierabend.

»Ja!«, bellte ich in die Muschel.

»Warst du auf dem Lokus?«

Arno! Dass ich freitagsabends nicht mehr im Büro sein könnte, überstieg glatt seine Vorstellungskraft!

»Du hast es erraten«, knurrte ich.

»Geht mir auch so! Auf dem Klo kommen mir die besten Ideen. Da hat man seine Ruhe.«

»Bei uns ist es schon seit zwei Stunden ziemlich ruhig.«

»Habt ihr etwa nichts zu tun?«

»Es ist gleich acht, Arno!«

»Ja, ich weiß. Da kannst du mal sehen, wie hoch ich dich einschätze. Also, pass auf: Ich habe vor einer halben Stunde mit Dr. Schlösser gesprochen, das heißt, er hat mich angerufen und gefragt, ob wir es noch arrangieren können, seinen Vorstand kurzfristig, nämlich für Montagnachmittag, zu einer Schnuppertour ins Hauptwerk einzuladen. Der Mann hat abends irgendeinen Termin in der Stadt. Ich habe selbstverständlich zugesagt.«

»Und unsere Konferenz? Oder geht das Geschacher wieder von vorn los?«

»Nein, nein! ›Blümchen‹ ist unter Dach und Fach. Wir haben für das Wochenende doch einen Hubschrauber auf dem Gelände. Der fliegt uns Montag mal eben für zwei, drei Stunden rüber, das ist schon organisiert. Ich weiß schon, was der Schlösser will. Der will seinem Alten zeigen, wie er uns an die Kandarre genommen hat. Dass wir spuren, wenn er bloß mit den Fingern schnippt.«

»Und da machst du mit?«, fragte ich ein bisschen erstaunt.

»Das walte Hugo! Uns bricht dabei kein Zacken aus der Krone. Im Gegenteil! Der wird staunen, wenn er sieht, wie weit wir inzwischen schon mit dem Aufbau der Fertigungsanlage gekommen sind.«

»Rufst du an, um mir zu sagen, dass ich dabei sein soll?« Ich fragte das nur der Ordnung halber.

»Es ist dein Niederlassungsbezirk – und außerdem hast du's dir verdient, nicht wahr. Übrigens habe ich mir heute Vormittag noch den ... den Dingsda vorgeknöpft. Wie heißt er noch? Na, du weißt schon, den neuen Pressefritzen. Er rechnet mit fünfzig Journalisten. Fernsehen, Radio, Presse – alles da, was Rang und Namen hat.«

»Alle Achtung, das ist was«, gestand ich ehrlich.

»Und noch was, Christoph. Pack die Krawatte ein, ich will was dranstecken.«

»An meine Krawatte?«

»Abwarten und Tee trinken. Dann bis morgen.«

So leutselig war er schon lange nicht gewesen. Was war los? Wollte er mich etwa in die Zentrale holen? Nur das nicht! Jedenfalls nicht jetzt. Gedankenverloren zog ich meinen Mantel über und verschwand.

Nach rekordverdächtiger Fahrt traf ich gegen dreiviertel neun zu Hause ein. Die Jungs waren wie üblich unterwegs und meine Mutter blieb auch nur noch zehn Minuten oben. Mama spürte immer, wenn Marga und ich uns etwas zu sagen hatten oder mal allein sein wollten.

Ich hatte Sehnsucht nach Margas Umarmungen. In den letzten Wochen war so vieles geschehen und genauso lange war überhaupt nichts geschehen, falls ich mich klar ausdrücke. Auch heute würde Mamas Feingefühl daran nichts ändern, dafür waren wir beide zu erledigt. Trotzdem saßen wir noch über eine Stunde zusammen. Marga erzählte von ihrem ersten Tag, wie sich dort manches verändert habe, einschließlich Dr. Klein, diesem Albtraum früherer Nächte, und ich berichtete von Arnos Anruf. Es war unsere letzte gemeinsame Stunde vor den kommenden vier langen Tagen, die uns in unserer Situation fast wie eine Ewigkeit vorkamen, doch über das eine, das uns beiden am meisten Sorgen machte, sagten wir kein Wort. Stattdessen zeigte sie mir lachend das erste Kleidungsstück für »Karlchen«, einen hellblauen Strampelanzug, den sie gestern gekauft hatte. Dabei sah sie so jung und glücklich aus, als wäre sie zwanzig.

Als wir im Bett lagen, schlief Marga bald ein. Ich streckte meine Hand aus und streichelte vorsichtig über ihr Haar. Ich liebte sie über alles, sie war mein Leben. Wenn sie mich so wie vorhin anlachte, in dieser besonderen, nur für mich bestimmten Weise, dann verspürte ich immer noch dasselbe Kribbeln im Bauch wie damals, als ich sie zum ersten Mal sah.

Erst vor ein paar Tagen hatte ich vor dem Einschlafen in einem von Nicos Büchern gelesen, dass Männer und Frauen in Wahrheit nur die Getriebenen ihrer Gene seien, die sich blindlings immer wieder kopieren müssten, weil die Natur das so eingerichtet hätte. Also, gegen das Kopieren war nichts einzuwenden – aber sonst? In Marga erfüllte sich immer noch alles, was ich mir als junger Mann von meiner Frau erträumt hatte. Nichts davon brauchte ich je aufzugeben, im Gegenteil, je länger wir verheiratet waren, desto mehr liebte ich sie. Vielleicht sollten wir uns dem Verfasser per Leserbrief als Fallstudie anbieten, dachte ich, denn von dem Wunder der Liebe hatte der offensichtlich keine Ahnung.

Ich nehme an, dass ich danach eingeschlafen war, jedenfalls riss mich scheinbar nur Augenblicke später das nervenzermürbende Piepen des Weckers aus dem Schlaf. Es war fünf Uhr dreißig. Etwa eine Stunde später setzte mich das Taxi vor dem Frankfurter Hauptbahnhof ab.

* * *

Unser Konzern hatte sich den Ausbau des Versuchsgeländes viel Geld kosten lassen. Gärtner und Landschaftsgestalter arbeiteten zwar immer noch mit Hochdruck im Außenbereich, doch alles andere war rechtzeitig fertig geworden: das verbreiterte und mit allen Schikanen ausgestattete riesige Bahnoval der Prüfstrecke, das von Grund auf renovierte Tagungszentrum, die gesamte Beobachtungs- und Messtechnik oberhalb und unterhalb der Betonpiste, alles war vom Allerfeinsten.

»Und damit, meine sehr verehrten Damen und Herren, unterstreichen wir unsere Ambitionen, auch in einem größer werdenden Europa ganz vorn dabei sein zu wollen!«, rief unser Vorstandsvorsitzender den Geladenen zu, die in einem Halbkreis dicht an dicht die Rednertribüne umstanden. Das Wetter war hier so schön, dass die Mitarbeiter unserer Presseabteilung die Eröffnung kurzerhand aus dem Festzelt ins Freie verlegt hatten.

»Ich danke nochmals dem Herrn Staatsminister Schwarz, dem Herrn Regierungsdirektor Feuerstein, der verehrten Frau Oberbürgermeisterin Reinecke sowie den zahlreichen Repräsentanten aus Industrie und Reifenhandel, dass Sie alle unserer Einladung gefolgt sind. Ihr Besuch ehrt uns. Nicht zuletzt auch ...«

Er unterbrach sich und quittierte den artigen Beifall der genannten Honoratioren mit einem ebenso artigen Lächeln, während mir Nikita Müller zuflüsterte: »Aber der Ministerpräsident hat uns einen Korb gegeben!«

»Nicht zuletzt auch danken wir Ihnen, meine Damen und Herren von der Presse, vom Fernsehen und vom Rundfunk für Ihr zahlreiches Erscheinen. Die Pressekonferenz wird pünktlich in einer halben Stunde im Tagungszentrum stattfinden. Im Anschluss daran dürfen sich alle, Journalisten und Gäste, auf dem Gelände und von unserer Prüftechnik zeigen lassen, was Sie zu sehen wünschen. Sie können an Testfahrten teilnehmen, Sie können auch mit unserem Hubschrauber in die Luft gehen, um sich so mit eigenen Augen davon zu überzeugen, wie harmonisch und umweltfreundlich wir mit Hilfe der Raumplaner und Landschaftsarchitekten dieses riesige Areal gestaltet haben. Bis morgen Nachmittag gehört unser Versuchsgelände Ihnen. Wir haben keine Geheimnisse – jedenfalls nicht hier! Herzlichen Dank!«

Die Pointe war verstanden worden. Lachen mischte sich mit Beifall, Blitzlichter zuckten, die Kameraleute schwenkten und zoomten, und ein Dutzend schicker Hostessen begann mit der Verteilung der Programm- und Informationsbroschüren.

»Hast du schon jemanden aus deinem Bezirk gesehen?«, fragte Niki. »Meine Händler sind zahlreich vertreten.«

»Von mir kommen die meisten erst morgen, wegen der längeren Anreise. Aber ich denke, ich mache mal die Runde. Viel Spaß bei der Arbeit.«

»Dito.«

Ich hatte mich kaum umgewandt, da stieß ich schon auf einen meiner größten Kunden, den Juniorchef von Reifen-Dremmer aus Mainz. Der war glücklicherweise ein unkomplizierter Fall.

»Hallo, Herr Dremmer! Kann ich Ihnen irgendwie nützlich sein? Vielleicht erst mal ein Bierchen?«

Er lachte. »Hinterher gern.«

»Und vorher?«

»Der Hubschrauber! Aber da warten schon so viele. Vielleicht können Sie ...«

»Kein Problem, ich kann. Kommen Sie mit.«

Wäre ich doch bloß nicht so hilfsbereit gewesen! Doch als mir dieser Gedanke durch den Kopf schoss, zitterte ich bereits um mein Leben. Dank meiner Armbinde mit dem Aufdruck »Mitarbeiter« hatte ich Dremmer Jr. außer der Reihe im Hubschrauber untergebracht, aber nicht geahnt, dass er mich einlud, mitzufliegen. Ich habe nämlich eine tiefe Abneigung gegen jegliche Art von Fluggerät, sei es ein Drachenflieger, ein Jumbo oder wie in diesem Fall ein Hubschrauber.

Die ersten Minuten, nachdem wir abgehoben hatten, waren noch erträglich. Wir hatten einen herrlichen Überblick auf das Versuchsgelände, die umliegenden Waldstücke und Wiesen bis hin zur Stadt, gingen dann wieder tiefer und sahen zu, wie unsere Testfahrer ihre Gäste in den Steilkurven und beim Schleudern auf der Aquaplaningstrecke das Fürchten lehrten. Und dann schrie Dremmer Jr. plötzlich, ob die Maschine auch bei abgestelltem Motor fliegen könnte. Der Pilot hob grinsend den Daumen und zog nach oben, während Junior mir begeistert seinen Ellbogen in die Seite stieß.

»Geht das denn?«, schrie ich ihm ins Ohr, denn es war wahnsinnig laut in der Kabine.

»Die Blätter drehen sich doch weiter!«, schrie er.

Ich wollte fragen, was wäre, falls der Motor ... Aber da wurde es plötzlich still, es rauschte nur noch und wir sackten ab, wie an einem Fallschirm.

»Zählen Sie bis zehn!«, rief der Pilot.

»Bin schon bei zehn!«, rief ich zurück.

»Ich erst bei fünf.« Er lachte, drückte dann aber doch kurz darauf auf den Starterknopf und – na ja, das war's. Ich lebe noch.

Beim anschließenden Bierchen überredete ich dafür den Junior zu einer zehnprozentigen Erhöhung unserer Liefermengen für Lkw-Reifen, was mir beim Senior nie gelungen war. Rache ist süß!

20.

Endlich Montag! Die Büroarbeit war wirklich meine Rettung in diesen Tagen. Die Straßen zur Innenstadt waren wie immer zum Wochenbeginn verstopft, aber das machte mir nichts aus. Ich war früh genug losgefahren und würde noch rechtzeitig in der Bank eintreffen. Das Wochenende ohne Christoph war so schrecklich gewesen, dass ich die vielen Ampeln und das aufgeregte Hupen als willkommene Abwechslung empfand. Ich war wild entschlossen, mich voll in die Hektik zu stürzen.

Das veränderte Betriebsklima in der Bank hatte mich am ersten Arbeitstag angenehm überrascht. Dr. Klein fragte zwar kurz vor Feierabend noch: »Hätten die Damen Lust auf einen Drink nach der vielen Arbeit?« Aber das musste ja nichts bedeuten, es hatte sich ganz unverfänglich angehört.

Frau Ahlbergs Antwort war knapp: »Nein, ich werde erwartet.«

»Ich auch«, brauchte ich nur hinzuzufügen. Damit war alles geklärt und Dr. Klein gab sich zufrieden. Old Schleimi hatte offenbar seine alte Haut abgestreift.

Ich bog gerade in den Parkplatz der Bank ein, da sah ich, dass Frau Ahlberg aus einem weißen Alfa Romeo stieg und den Fahrer auf eine Art küsste, wie ich es ihr nie zugetraut hätte. Und das schon morgens um halb neun! Ich erinnerte mich an ihren Lebenspartner, der sie vor ein paar Monaten immer in der Mittagspause abgeholt hatte. Der war eine solche Schlafmütze, dass ich ihre ständige Unfreundlichkeit fast verstand. Daher also wehte der Wind! Neue Liebe, neues Glück, gute Laune. Wahr-

scheinlich war ich hoffnungslos altmodisch. Christoph reichte mir für ein ganzes Leben.

Beim Kaffeekochen erfuhr ich dann auch von Frau Ahlberg den Grund für Dr. Kleins erstaunliche Wandlung.

»Er hat Ihre Nachfolgerin geheiratet«, verriet sie mir. »Das war eine ganz Schlaue, die hatte es darauf angelegt, sich ihn zu angeln. Und er biss tatsächlich an, stellen Sie sich das mal vor! Seine Frau hatte ihn ja vor einem Jahr verlassen, er war sozusagen reif für eine neue Beziehung. Aber dass er die dann gleich heiratet, hätte keiner von uns gedacht. So was Dummes, sich so festlegen zu lassen! Manche Männer lernen ja nie dazu. Mein ehemaliger Partner wollte auch immer zum Standesamt ... Na lassen wir das. Noch sind die beiden ja fast in den Flitterwochen, aber wehe, wenn die vorbei sind. Die nimmt ihn so an die Kandarre, dass er nicht nach rechts oder links gucken darf, obwohl er das trotzdem immer mal versucht. So wie Freitagabend, da wäre er doch tatsächlich am liebsten mit Ihnen ausgegangen. Hatten Sie das nicht gemerkt?«

Ich zuckte mit den Achseln. »Na wenn schon, ich habe Besseres zu tun.«

»Ich auch«, meinte Frau Ahlberg und sah sehr versonnen drein, erwähnte aber nichts weiter von ihrem neuen Glück.

Dr. Klein erschien und bat gleich um Kaffee und eine Telefonverbindung nach Frankreich.

Ich stellte Tasse, Milch und Zucker auf ein kleines Tablett und sagte: »Nicht zu fassen, diese Veränderung.«

»Wird nicht anhalten«, meinte Frau Ahlberg. »Jetzt ist er nur im Stress wegen der Zusammenführung mit der französischen Bank. Da hat er keine Zeit, sich hängen zu lassen und einen zu kippen. Aber wenn es mit der Ehe wieder schief geht ...«

»Vielleicht geht es ja nicht schief, vielleicht werden die beiden glücklich zusammen.«

Darauf lachte Frau Ahlberg in einer Weise, die auf bittere Erfahrungen schließen ließ. Dann stellte sie das Gespräch nach Frankreich durch. »Hier ist Ihr Partner, Dr. Klein«, säuselte sie.

Danach wechselten wir kein privates Wort mehr, denn die Hektik überollte uns wie eine Woge. Pausenlos klingelten die Leitungen oder jemand stand im Büro und verlangte irgendwelche Unterlagen oder Auskünfte.

Gegen Mittag hatte ich plötzlich das Gefühl, dass etwas nicht bei mir stimmte. Ich ging zur Toilette und sah, dass meine Unterwäsche blutgefärbt war. So etwas kann mal passieren, muss ja nicht unbedingt schlimm sein, versuchte ich mich zu beruhigen. Vielleicht hört es gleich wieder auf! Vorsichtig ging ich auf meinen Platz zurück und überlegte, was ich tun sollte. Abwarten? Christoph anrufen? Nein, das war zwecklos, der konnte mir ja nicht helfen und würde nur in Panik geraten. Den Frauenarzt musste ich erreichen, ja das war besser! Die Sprechstundenhilfe sagte, dass der Doktor mitten in einer Untersuchung sei und dass ich später zurückrufen sollte. Ich erklärte, worum es ging.

»Frau Koch, fahren Sie gleich in das nächste Krankenhaus!«, drängte sie. »Es ist besser, Sie fahren gleich dahin, als zuerst zu uns zu kommen. Haben Sie jemand, der sie begleitet?«

»Nein, ich rufe vom Büro aus an. Mein Mann ist außerhalb und sonst …«

»Ich rufe das Krankenhaus für Sie an. Nehmen Sie doch lieber ein Taxi!«

»Ich schaffe es schon«, sagte ich und nannte ihr den Namen des Krankenhauses.

Ich sammelte meine Sachen ein und erklärte Frau Ahlberg zwischen zwei Telefongesprächen, was geschehen war.

»Was, Sie erwarten ein Baby?« Ihre Augen wurden ganz groß. »O, Frau Koch … Ja, fahren Sie gleich los, ich sag dem Chef schon Bescheid, machen Sie sich keine Gedanken darum.« Sie holte meinen Mantel und half mir beim Anziehen. »Alles Gute, Frau Koch!«

Irgendwie erschien mir alles ganz unwirklich. Ich bewegte mich langsam und vorsichtig. Die Fahrt zum Krankenhaus verlief gut. Ich fand einen Parkplatz in der Nähe des Eingangs. Dann ging ich durch das große Portal und meldete mich bei einer freundlichen Ordensschwester im Empfang. Es war solch eine Erleichterung, mich in die Hände anderer zu geben und alle Verantwortung erst einmal los zu sein. Krankenschwestern und Ärzte kümmerten sich um mich. Man untersuchte mich, nahm mir Blut ab, fragte nach allen Einzelheiten.

»Was geschieht jetzt?«, wollte ich schließlich wissen. »Werde ich das Baby … ?«

»Sie bleiben erst einmal hier. Morgen früh machen wir einen Ultraschall und werden dann weitersehen.« Die Ärztin war sehr freundlich, sie hatte einen leichten Akzent und schien irgendwo aus dem Osten zu stammen. Ihre Worte sollten mich wohl beruhigen, aber sie steigerten nur meine Ungewissheit.

Ich kam in ein Dreibettzimmer, in dem außer mir sonst keiner war. Die Schwester fragte mich, ob ich jemanden verständigen wollte und rückte mir das Telefon zurecht. O ja, natürlich musste ich anrufen, ich hatte ja nichts bei mir, weder ein Nachthemd noch sonst irgendwelche Utensilien. Nur wen sollte ich um Hilfe bitten?

Ich probierte es zu Haus, doch außer dem Anrufbeantworter

meldete sich niemand. Dann wählte ich die Nummer von Dirks Handy, legte aber gleich wieder auf. Er war heute für eine Spedition unterwegs, einer der Jobs, mit dem beide Söhne ihr Taschengeld aufbesserten. Aber Nico, der musste zu erreichen sein! Ich versuchte es mehrmals hintereinander, bis endlich eine Antwort kam.

»Wo bist du Maam? Im Krankenhaus?«, fragte er ungläubig.

»Ja Nico. Ich hatte etwas Blutungen. Weißt du, es ist besser … Ich dachte, ich fahre sicherheitshalber hierher. Aber macht euch keine Sorgen, es wird schon gut werden.«

»Ach Maam, sei nicht so traurig! In welchem Krankenhaus bist du denn? Soll ich kommen?«

»Ja, mein Sohn, du musst mir etwas mitbringen, ich habe nichts bei mir. Ich brauche ein Nachthemd und Unterwäsche und Zahnbürste und Seife.«

Ich erklärte Nico, wo er die Sachen finden würde und wohin er sie bringen musste. Er war gerade erst zu Hause eingetroffen und würde in einer knappen Stunde hier sein. Ob ich Christoph nicht doch anrufen sollte? Ich brauchte ihn jetzt so sehr, aber ich wusste, er würde es nicht verkraften. Es war genug, dass einer von uns weinte.

Durch das Fenster sah ich in den Park, die kahlen Äste der Buchen zeigten noch kein neues Leben. Aber in der hintersten Ecke leuchtete es gelb, ein Forsythienstrauch, der über und über mit Blüten bedeckt war. Wie ein Hoffnungsschimmer erschien er mir. Ein paar Leute spazierten mit langsamen Schritten durch den Park, einige setzten sich auf Parkbänke, die im Licht eines einsamen Sonnenstrahls lagen. Es schienen Patienten mit ihren Besuchern zu sein.

Das Warten fiel mir schwer. Es war so ruhig in diesem Zimmer. Alles war weiß, Wände, Möbel, Betten – keine Spur von Farbe, keine Bilder, nur ein kleines Kruzifix an der Wand. So weit entfernt vom wirklichen Leben kam ich mir hier vor. Plötzlich hörte ich auf dem Gang Stimmen und Schritte und das Schlagen von Türen. Nico war noch immer nicht eingetroffen, obwohl eine Stunde längst vorbei war.

Eine Schwester kam mit einer Tüte in der Hand ins Zimmer. »Das wurde für Sie abgegeben«, sagte sie.

»Wo ist mein Sohn? Warum ist er nicht herein gekommen?«, fragte ich.

»Das ging leider nicht, die Besuchszeit ist schon zu Ende. Tut mir Leid«, meinte sie und verschwand.

Ich packte die Sachen aus. Alles war wahllos in eine Plastiktüte gestopft, typisch Nico! Ein paar Dinge fehlten, ich würde mich ziemlich behelfen müssen. Aber er hatte mir sogar etwas zum Lesen mitgebracht: die neueste Computerzeitschrift! Wie aufmerksam von ihm! Nur interessierte ich mich leider nicht dafür, was Nico niemals verstehen würde. Seine Begeisterung für Entdeckungen in Wissenschaft und Technik war grenzenlos.

Monis Hilfe hätte ich jetzt gebraucht, sie wäre mit einer sorgfältig gepackten Reisetasche gekommen und hätte an jede Einzelheit gedacht. Ach, wenn sie sich doch wenigstens mal bei uns melden würde!

Ich zog mich langsam aus und hängte meine Sachen in einen kleinen Stahlschrank. Dann legte ich mich ins Bett und starrte die weißen Wände an. Alle meine Lieben waren so weit entfernt, ich sehnte mich nach ihnen. Wenn ich die Augen schloss, waren sie ganz nah bei mir, Nico, Dirk und Moni – ja, auch Moni. Mir war, als würde Christoph neben mir im Bett liegen und mich festhalten. Wir haben drei wunderbare Kinder bekommen, Christoph – aber das vierte … wird es je geboren werden?

21.

Noch ein paar weitere Erfolgserlebnisse wie bei Dremmer Jr. waren das Einzige, was mich an diesem Wochenende für die Abwesenheit von zu Hause einigermaßen entschädigte. Die Abschlüsse, die ich in meinem Notizbuch notierte, addierten sich auf drei Millionen Euro, wodurch ich mein Umsatzziel per 30. 4. schon jetzt in der Tasche hatte. Trotzdem war ich während der ganzen Zeit mit meinen Gedanken mehr bei Marga, als mir gut tat. Meine beiden Anrufe waren Gott sei Dank erfreulich verlaufen, verbesserten aber nicht meine Stimmung. Als ich Samstagmorgen im Speisewagen des Zuges beim Frühstück saß, hatte ich mir eigentlich vorgenommen, mein Tagebuch weiterzuführen. Ich hatte es auch versucht, das letzte Mal gestern Nacht, als ich kaputt vom vielen Reden, Essen und Trinken endlich mein Zimmer erreichte. Aber mir war einfach nichts eingefallen.

Jetzt war Montagabend, und ich war genauso kaputt wie gestern. Heute Morgen hatte Arno mir in der Runde der Niederlassungsleiter seinen neu geschaffenen »Blümchen-Preis« für besondere Mitarbeiterverdienste in Form einer Diamantnadel an die Krawatte geheftet. Danach hatten die Entwicklungsingenieure mit uns drei Stunden lang über die geplante Reifenlinie für Landmaschinen debattiert, und dann waren Arno und ich mit dem Hubschrauber ins Hauptwerk geflogen, wo wir nochmals drei Stunden lang mit Dr. Schlössers Vorstand beschäftigt waren, sehr erfolgreich;

denn der Stand der Weißwandreifenfertigung hatte ihn stark beeindruckt.

Als wir endlich ins Tagungszentrum zurückkamen, saß der Rest der Mannschaft schon an der Bar und der Kantinenwirt konnte uns nur noch Hamburger anbieten. Anschließend hatte Arno noch einen, wenn auch sympathischen, mich aber nur aufhaltenden gedanklichen Abstecher in unsere alte Werkstudentenzeit gemacht, sodass ich mich abermals fragte, ob er mich zu sich in die Zentrale holen wollte, bis ich schließlich sagte, dass ich jetzt unbedingt meine Frau anrufen müsse. Das Stichwort blieb zum Glück ohne Folgen, er hatte Margas Schwangerschaft offenbar schon wieder vergessen.

Wie spät war es? Schon kurz nach zehn, egal, ich drückte auf die Tasten.

»Nico Koch.«

»Hallo Nico, ich bin's. Ist Mama schon im Bett?«

»Mensch, Papa! Sag bloß, du weißt nicht Bescheid! Hat sie dich nicht erreicht?«

»Ich war weg. Wieso, was ist los?«

»Mama ist im Krankenhaus! Gleich vom Büro aus. Sie hatte Blutungen. Aber beruhige dich, Mama sagt, wir sollen uns keine Sorgen machen.«

Ich war wie vor den Kopf geschlagen, konnte kaum denken.

»Papa, bist du noch dran?«

»Jaja, ich bin dran. Seit wann weißt du es denn?«

»Schon seit heute Nachmittag. Ich dachte, Mama ruft dich an.«

»Ja, also ... Hast du die Nummer?«

»Moment. Ach ja, hier.«

Ich schrieb mit, wir trennten uns, und einen Augenblick später hatte ich das Krankenhaus dran.

»Mein Name ist Koch. Meine Frau wurde heute bei Ihnen eingeliefert, mit Blutungen, sie ist schwanger. Sie heißt Marga Koch.«

»Das tut mir Leid, Herr Koch. Ich darf um diese Zeit keinen Anruf mehr durchstellen.«

»Aber ich habe es eben gerade erfahren! Können Sie mir nicht wenigstens die Stationsschwester geben?«

»Ich will's versuchen, bleiben Sie dran.«

Die Schwester meldete sich. Ja, es sei bereits Nachtruhe. Nein, Genaues wisse sie nicht, es sei auch nichts Außergewöhnliches gemeldet. Ich müsste morgen früh zurückrufen, aber besser erst nach der Visite, so gegen halb elf. Dann sagte sie noch, ich solle mir keine Sorgen machen.

* * *

Arno schüttelte nur fassungslos den Kopf, als er von mir noch vor dem Frühstück hörte, was passiert war. Er hatte gedacht, es wäre alles erledigt, entband mich jedoch sofort von meiner Teilnahme am letzten Konferenztag. Bevor ich losfuhr, rief ich noch das Krankenhaus an, erreichte aber nichts. Die Visite hatte schon begonnen, immerhin kannte ich jetzt die Durchwahl.

Zwei Stunden später bog ich auf einen Parkplatz ab und versuchte es wieder. Es war kurz nach halb elf. Statt Marga meldete sich die Station. Nein, sagte die Schwester, jetzt sei meine Frau beim Ultraschall, vielleicht in einer halben Stunde. Noch sicherer sei zwölf Uhr, dann gebe es Mittagessen. Ich bat sie, Marga auszurichten, dass ich schon seit gestern Nacht versuchte, sie zu erreichen.

Die Warterei zerrte an meinen Nerven. Zweihundertfünfzig Kilometer hatte ich erst geschafft, knapp fünfhundert lagen noch vor mir. In der Nacht hatte ich kaum geschlafen und zum Frühstück nur zwei Tassen Kaffee getrunken, seitdem an Keksen geknabbert. Ich musste aufpassen, dass ich nicht zu aggresiv fuhr, einer hatte mich schon einen halben Kilometer weit mit seiner Lichthupe verfolgt. Gegen drei viertel zwölf tauchten am Rand der Autobahn Hinweisschilder für die nächste Raststätte auf, und ich entschied mich, den Anruf mit einer kurzen Imbisspause zu verbinden. Bis zwölf wartete ich noch auf dem Parkplatz in meinem Wagen, versuchte ruhig zu werden, mich innerlich auf das vorzubereiten, was ich möglicherweise hören würde. Dann tippte ich die Nummer ein.

»Ja, Koch«, sagte Marga.

»Liebling! Endlich! Ich bin schon fast wahnsinnig geworden. Weshalb hast du mich denn nicht angerufen?«

»Christoph! O, Schatz, ja, ich weiß. Aber mir geht es doch gut. Ich wollte doch nicht, dass du dir Sorgen machst. Die Blutungen sind gar nichts Ungewöhnliches, jede Frau weiß das.«

Sie klang wie immer. Aber das war typisch, sie wusste, wie hektisch ich auf schlechte Nachrichten reagierte. »Marga! Mach mir nichts vor! Nico hat es mir gestern Nacht gesagt, als ich zu Hause anrief. Ich bin gleich heute Morgen losgefahren und bin ungefähr gegen acht bei dir. Wenn das so normal ist, weshalb liegst du im Krankenhaus?«

»Die Sprechstundenhilfe bei Dr. Kern meinte, es sei besser, nur deshalb. Aber du hättest das nicht tun müssen, dass du dort vorher wegfährst. Hoffentlich bekommst du keine Ungelegenheiten.«

»Bestimmt nicht! Schwörst du hoch und heilig, dass du mir nichts vormachst?«

»Hoch und heilig.«

Ich versuchte, verräterische Untertöne herauszuhören, aber da waren keine. »Und wie geht's jetzt mit dir weiter?«

»Der Arzt will mit mir noch die Ergebnisse der Untersuchungen besprechen. Es hatte ein Problem beim Ultraschall gegeben, der wird um drei wiederholt, danach kommt er.«

»Du meinst, du weißt überhaupt noch nichts?« Schon war sie wieder da, die unsichtbare Hand, die mir den Magen abdrückte.

»Christoph! Nun hör um Gottes Willen auf, dir Sorgen zu machen! Da war irgendwas mit der Apparatur, sie brauchen einen Techniker, und der Arzt will bis dahin warten. Es ist alles in Ordnung, glaube mir.«

In Ordnung? War da nicht plötzlich doch etwas in ihrer Stimme, dieses ungewisse Etwas, das ich so gefürchtet hatte? Doch ich hatte mich jetzt in der Gewalt. »Aber ich mache mir doch gar keine Sorgen, Baby! Ich will einfach so schnell wie möglich bei dir sein, immerhin liegst du im Krankenhaus. Habe ich dir eigentlich schon gesagt, dass ich dich liebe?«

Sie lachte. »Schon seit Freitag nicht mehr.«

»Also gut, ich schnappe mir jetzt ein belegtes Brötchen und eine Cola und dann geht's weiter. Soll ich dich noch mal anrufen?«

»Ach, lieber nicht. Vielleicht kann ich nachher ein bisschen schlafen. Komm, gib mir einen Kuss, ich liebe dich!«

»Ich dich auch!«

Wieder unterwegs. Baustellen, Unfälle, Staus, Geschwindigkeitsbegrenzungen. Am Vormittag war ich so gut vorangekommen, inzwischen korrigierte ich meine Ankunftszeit immer weiter zurück. Es war schon halb neun. Dann noch die letzte Geduldsprobe: Frankfurter Kreuz, Offenbacher Kreuz, Odenwaldring, rote Welle, der Pförtner, der noch Schwierigkeiten machen wollte, weil es so spät war, der Fahrstuhl, der leere Flur, die Stationsschwester mit ernsten Augen. Der Ultraschall hatte wieder nur einen schwachen Schatten gezeigt. Aber viel schlimmer – die Hormone waren nicht gestiegen und es waren auch noch keine Herztöne zu hören.

Mein Herz raste, als ich auf die Klinke drückte. Marga saß auf ihrem Bett, sah mich und begann hemmungslos zu weinen. Ich hielt sie fest, ganz fest, diese wunderbare Frau, die ich über alles liebte und doch nicht trösten konnte.

22.

Wenn die Schwestern mit ihren Fieberthermometern erschienen, war es draußen noch dunkel. Auf dem Gang hörte man schon kurz danach schreiende Babies, die ihren Müttern für die erste Mahlzeit gebracht wurden. Das hatte mich am ersten Tag ganz fertig gemacht. Mir war, als schmerzte mein ganzer Leib, wenn ich diese winzigen Stimmchen hörte, die so energisch nach Nahrung verlangten.

Die Arztvisite am Vormittag war so etwas wie ein Höhepunkt auf der Station. Der Professor erschien im Kreise seiner Assistenten, fragte verhalten lächelnd nach dem Befinden – und schon war er wieder draußen. Kein Kommentar, keine Informationen – und ich war zu feige, eine klare Antwort zu verlangen. Ich klammerte mich daran, dass weder der Professor noch die Schwestern bisher einen Eingriff erwähnt hatten. Noch wurde ich weiter beobachtet und untersucht. An diesem letzten Rest Hoffnung hielt ich mich fest, er war mein Rettungsanker, mein Stückchen fester Boden unter den Füßen. Mit der Alternative konnte ich mich noch nicht befassen. Die erschien mir wie ein großes dunkles Loch, das mich verschlingen würde, wenn mir die Kraft zum Durchhalten fehlte. Mir graute davor.

In meinem Zimmer lag seit heute Morgen eine zweite Frau, etwas jünger als ich und ebenfalls ohne Baby. Sie verriet nicht, warum sie hier war und hüllte sich insgesamt in Schweigen. Ich hätte so gern mit jemandem geredet, aber die Schwestern kamen immer nur ganz kurz herein und wirkten ziemlich abgehetzt.

Die Besuchszeit begann, aber ich wusste, dass Christoph erst gegen Ende kommen würde. Mit Nico und Dirk konnte ich heute nicht rechnen, die waren entweder an der Uni oder jobbten für die Spedition, und für Oma gab es keine Möglichkeit hierher zu gelangen.

Als es klopfte, sah ich gar nicht erst hin, wahrscheinlich Besuch für meine wortkarge Nachbarin. Aber dann stand Pamela vor meinem Bett! Sie hatte einen Strauß mit Osterglocken und roten Tulpen in der einen Hand und ein kleines Päckchen in der anderen.

»Pamela! Wie schön, dass du gekommen bist. Hat Christoph mit dir gesprochen?«

Sie hob lachend beide Hände: »English, please!«

»Aber gern!«, freute ich mich. Mit diesem Besuch hatte ich wirklich nicht gerechnet.

»Thank you, darling. Ja, hat er. Hier – das ist von uns allen.« Sie legte das Päckchen auf den Nachttisch und sah sich nach einer Vase für die Blumen um, während ich mich für beides bedankte. Ein farbenprächtiger Frühlingsgruß zwischen all dem Weiß, oh, wie gut das tat!

»Was ist es denn?« Ich deutete neugierig auf das Päckchen.

Pamela setzte sich zu mir auf die Bettkante. »Ein Buch. Inge Weber hat es ausgesucht. Wir werden auch morgen für dich beten. Du weißt doch – Donnerstag.«

Sie merkte wohl, dass ich etwas verlegen guckte, und klopfte mir burschikos auf die Hand. »Kein Problem, wir sind doch Bet...Bet... Wie heißt es auf Deutsch?«

»Meinst du ... Betschwestern?«

»Richtig, Betschwestern! Ein komisches Wort. Aber nun sag erst mal, wie es dir geht? Hast du Schmerzen?«

»Nein, aber es hat sich leider noch nichts geändert. Hat Christoph dir auch vom Ultraschall erzählt? Und von der Blutuntersuchung?«

Sie nickte. »Was sagen denn die Ärzte?«

»Nicht viel. Sie wollen noch abwarten. Ich wage nicht zu fragen, wie lange. Wenn sich nicht ganz bald etwas ändert, dann …«

Mir kamen schon wieder die Tränen. Pamela nahm mich in die Arme und ließ mich erst mal weinen. »Ich weiß, wie schwer das alles ist, Marga. Vor sechs Jahren hatte ich auch eine Fehlgeburt.«

Fehlgeburt! Wie sehr ich dieses Wort fürchtete! In den letzten Tagen hörte ich es immer wieder. Den meisten Frauen ging es glatt von den Lippen, es war Teil ihrer eigenen Erfahrung. Aber ich weigerte mich, es in den Mund zu nehmen. Es machte alles so greifbar – und es vertrieb den letzten Hoffnungsstrahl. Ich tastete nach meinem Taschentuch und wischte mir Augen und Nase trocken, und dann brauchte ich noch eins fürs Gesicht und noch eins für die Nase. »Tut mir Leid, Pamela.«

»Oh, das macht nichts. Es ist besser, als zu grübeln und alles runterzuschlucken. Mir hilft es auch immer.«

Ich nickte, Pamela verstand mich. »Weißt du, wenn ich wenigstens wüsste, was wird. Ich verstehe das alles nicht. Zuerst musste ich den Schock verkraften, dass ich schwanger bin und dann, als ich mich freute, als wir uns alle freuten … da soll ich es wieder verlieren! Warum? Diese Ungewissheit und dieses Warten, das ist schlimm. Und dann frage ich mich auch wieder und wieder, ob das jetzt die …« Ich suchte nach dem englischen Wort für Quittung. »Ach, es hat ja doch keinen Sinn.«

»Ich glaube, ich weiß, was du meinst. Du fragst dich, ob es mit dir zu tun hat. Du fühlst dich schuldig, weil ihr das Kind nicht wolltet, weil du es abtreiben wolltest, und du meinst, das sei jetzt die Vergeltung oder Abrechnung oder Quittung. Ist es das?«

»Ja, genau das.«

»Das überrascht mich überhaupt nicht. Viele Frauen quälen sich damit herum.«

»Vielleicht will er mich ja strafen!«

»Wer?«

»Gott! Wer sonst!« So, jetzt war es raus.

»Das denkst du wirklich?« Sie nahm lächelnd meine Hand. »Weißt du, wir haben gehofft, dass du das sagst. Deshalb haben wir dir das Buch geschenkt. Es ist genau das, was du jetzt brauchst.«

Ich warf einen Blick auf das Päckchen. »Eine Bibel?«

Pamela lachte, wobei ihre Metallspange lustig aufblitzte. »Nein, eine Bibel ist es nicht, so ein dickes Buch wollten wir dir gar nicht zumuten. Aber es ist ein Buch über den Glauben, besonders über Jesus Christus.«

»Aber ich verstehe doch so gut wie nichts davon.« Es war mir fast ein bisschen unangenehm.

»Deshalb ja! Fang einfach an zu lesen, du wirst schon sehen. Nur Mut – Courage, endlich mal ein deutsches Wort im Englischen, stimmt's?«

Ich musste lachen. »Ja, fast. Gut, ich werde es lesen. Es ist wirklich lieb von euch, du musst sie bitte ganz herzlich von mir grüßen!«

»Das tue ich. Aber bevor ich es vergesse – ich soll dich von den Betschwestern noch etwas fragen: Können wir irgendwie helfen? Einkaufen? Das Haus putzen? Essen kochen?«

»Aber Pamela …«

»Sag es nur, wir sind sehr geübt darin! Die Oma schafft das doch sicher kaum.«

»Ja, ich weiß nicht …«, überlegte ich. Daran hatte ich noch nicht gedacht. »Also für den Augenblick ist es sicher nicht nötig,

bestimmt nicht, das schafft meine Schwiegermutter gut. Und falls doch, weißt du – ich hoffe auf Moni …« Ich spürte schon wieder ein verräterisches Zucken im Gesicht.

»Ich verstehe schon. Ich wollte dir ja auch nur sagen, dass wir für dich da sind. So, und jetzt«, sie stand auf und griff nach ihrem Mantel. »Jetzt muss ich weg! Bob kommt heute aus München zurück. Er hat mir fest versprochen, nicht mehr ins Büro zu fahren, sondern gleich nach Hause zu kommen.«

»Schade«, gestand ich ehrlich. »Ich meine, schade, dass du schon gehen musst. Es war so schön, mal reden zu können.«

»Ich weiß, mein Kleines. Ich rufe dich auf jeden Fall an. Ja, das machen wir, gleich morgen, beim Kaffee … Kaffee …«

»Kaffeeklatsch?«, schlug ich lachend vor.

»Du sagst es! Deutsch hat so viele schöne Wörter, irgendwann kann ich sie alle. Also dann – Gottes Segen, auch für Sie, Frau Nachbarin.« Sie winkte uns noch einmal zu und dann war sie draußen.

»Ich habe zwar nichts verstanden, aber das ist wirklich eine nette Dame«, sagte meine Zimmergenossin. Es war der erste vollständige Satz, den ich bis jetzt von ihr gehört hatte.

23.

Nach vier anstrengenden Tagen und dem Schock mit Marga hatte ich mich Mittwochmorgen kaum dazu bringen können aufzustehen. Bis ich schließlich mit allem fertig war und in die Küche kam, war es acht gewesen und alle drei hatten schon am Tisch gesessen.

»Warst du gestern noch bei Mama?«, fragte Dirk.

»Ja, ich war noch bei ihr. Sie sagt, ihr sollt euch keine Sorgen machen.«

»Das sagt sie immer«, winkte Nico ab. »Und was ist mit dem Baby?«

»Das weiß im Augenblick keiner. Aber sie werden alles weiter beobachten und wenn sich nichts tut, die Fehlgeburt einleiten. So macht man das.«

Die beiden nickten. »Ist das gefährlich?«, fragte Dirk.

»Iss doch was, Junge!« Oma hielt mir ein Brot hin. Ich fand, sie sah richtig zufrieden aus. Plötzlich gebraucht zu werden, tat ihr offensichtlich gut.

»Gefährlich wohl nicht. Es ist nur – na ja, Mama ist ziemlich mit den Nerven runter. Ich fahre heute Nachmittag wieder hin.«

»Ehrlich gesagt, wir schaffen es nicht«, sagte Nico. »Wir haben zufällig jeder ein Seminar. Oder meinst du, wir sollten hinfahren?«

»Nein, das ist schon okay. Mama weiß ja, was mit euch los ist.«

Zehn Minuten später war ich ins Büro gefahren, schon mit der Ahnung, dass mich nach den ausgefallenen zwei

Tagen viel Arbeit erwarten würde. Kaum hatte ich das Zimmer betreten, da rief Elke Schrader an. Es täte ihr furchtbar Leid, aber sie müsse für den Rest der Woche frei bekommen. Ihr Vater habe in seiner Wohnung am Abend einen leichten Schlaganfall erlitten, er sei während der Nacht in der Uni-Klinik gewesen, würde aber in zwei Stunden wieder nach Hause entlassen. Es ginge einfach nicht anders, ihre Mutter schaffe es nicht allein.

»Ja sicher, das klappt schon.« Was sollte ich auch sonst sagen.

»Ich rufe jetzt gleich noch Frau Kunkel an, die freut sich, wenn sie mal zu Hause rauskommt, mit der kommst du doch gut zurecht.«

»Hauptsache, sie hält mir das Telefon vom Leibe und kocht einen guten Kaffee, aber das kann sie ja.«

»Montag bin ich bestimmt wieder da. Es ist nur schade wegen Marga, ich hätte sie so gern im Krankenhaus besucht. Sag ihr, dass ich ganz viel an sie denke.«

Unmittelbar darauf war Torsten Bohn erschienen, mein neuer Mitarbeiter, der meine vorherigen Aufgaben übernehmen sollte. Allerdings nicht mehr als »stellvertretender Niederlassungsleiter«; denn diese Gehaltsklasse hatte Arno inzwischen wegrationalisiert. Ich setzte ihn kurz ins Bild und wies ihn an, bis zum Eintreffen von Frau Kunkel jemand von der Buchhaltung oder woher auch immer ins Vorzimmer zu holen. Anschließend hatten wir gemeinsam die Post durchgesehen, doch noch bevor ich dazu kam, ihm die Aufträge vom Wochenende zu erläutern, war Herr Schwarz aus Fulda am Telefon gewesen.

»Herr Koch, hören Sie mal gut zu, bei mir ist die

Kacke am Dampfen! Ich habe innerhalb von zehn Tagen eben gerade die vierte Reklamation gehabt. Meine Kunden denken, ich jubele ihnen minderwertige Ware unter. In einem ...«

»Sagten Sie vier Reklamationen? Bei welchen Typen denn?«

»Bei einem! Aber lassen Sie mich doch erst mal ausreden! In einem Fall war der von mir aufgezogene neue Reifen ein paar Tage später sogar auch wieder platt! Also, ich will Sie heute noch bei mir sehen, sonst könnt ihr mich von eurer Liste streichen!«

»Aber Herr Schwarz! Sagen Sie mir doch vor allem erst, ob dabei etwas passiert ist. Hat es etwa Unfälle gegeben?«

»Wenn es Unfälle gegeben hätte, würde jetzt mein Anwalt mit Ihnen reden! Gott sei Dank ist es nur der LR5, aber das tröstet den Kunden auch nicht, wenn er morgens in die Scheune geht und einen platten Reifen am Wagen hat. Da stimmt doch was nicht mit eurer Qualitätskontrolle!«

Als ich LR5 hörte, fiel mir ein Riesenstein vom Herzen, denn das war ein Spezialreifen für landwirtschaftliches Gerät mit einer Geschwindigkeitsbegrenzung von 20 km/h. »Herr Schwarz, Sie haben Recht. Ich setze mich sofort ins Auto und fahre los.«

»Nein, nicht vor nachmittags. Ich habe selbst noch mehrere Termine und weiß nicht, wann ich fertig bin. Ich melde mich, sobald ich kann.«

Da war mir klar geworden, dass es mit meinem Besuch bei Marga eng werden könnte. Aber der Mann war viel zu verärgert gewesen, um mit mir noch über Termine zu diskutieren. Es war jetzt kurz vor halb elf, ich musste sie schon sprechen können. Ich sagte zu Torsten Bohn, dass ich noch einmal kurz telefonieren müsste und wählte Margas Nummer.

»Guten Morgen, Liebling, hast du gut geschlafen?«

»Oh, Christoph!«, sagte sie leise. »Ja, mir geht es gut. Der Professor ist eben zur Tür raus – das heißt, er steht da noch. Ist was?«

»Mein Schatz, pass auf. Ich komme vielleicht erst kurz vor Ende der Besuchszeit. Ich muss nach Fulda, irgendwann am Nachmittag, aber ich rufe noch an.«

»Ja, ist schon gut. Du, ich mache Schluss, er steht da noch. Ich liebe dich furchtbar.«

Was für eine verkehrte Welt! Ich musste ein paar platte Ackerwagenreifen wichtiger nehmen als meine Frau, die im Krankenhaus lag und vielleicht unser Baby verlieren würde. Und schon war sie wieder da, die Angst, die mich in der Nacht im Würgegriff gehabt hatte. Wenn Marga etwas passierte, es war doch alles schon vorgekommen, dann, dann ... Ich riss mich zusammen.

»Herr Koch, vielleicht hätte ich lieber rausgehen sollen«, sagte Torsten Bohn.

»Nein, nein, das macht nichts. Ich erzähl's Ihnen mal bei Gelegenheit. Also, was jetzt? Sie haben das ja mitgekriegt mit dem Schwarz. Das könnte Zufall sein, aber ich denke, wir checken das besser durch. Rufen Sie mal überall an, alle Niederlassungen. Vielleicht tickt da eine kleine Zeitbombe. Aber machen Sie es von Ihrem Zimmer aus, dann kann ich hier meine Sachen weitermachen.«

Es dauerte mehrere Stunden, bis die Rückmeldungen aus den Niederlassungen komplett waren. Tatsächlich hatte es dort ebenfalls Reklamationen bei dem LR5 gegeben, wenn auch nicht in dieser Auffälligkeit wie bei Reifen-Schwarz, weshalb niemand stutzig geworden war. Ich gab dem Leiter des Zentralverkaufs das Ergebnis unserer Recherche durch, und der wurde auch sofort hellhörig. Es war nicht auszuschließen, dass bei einer oder zwei Tagesproduktionen des LR5 eine unbestimmte Anzahl schadhafter Ventile verarbeitet worden waren.

Wir hatten unseren Job getan, der Rest war Sache des Zentralverkaufs. Herr Schwarz aber ließ immer noch auf sich warten. Als er dann kurz vor vier endlich zurückrief, hätte ich am liebsten alles telefonisch erklärt und geregelt. Aber dann dachte ich daran, dass der Kunde unser König ist und sagte bei Marga schweren Herzens ab.

24.

Nach Pamelas Besuch war mir so leicht ums Herz gewesen, dass ich sogar Christophs Absage ohne zu jammern überstand. Ich hatte gehofft, dass meine Nachbarin nun etwas mehr aus sich herausgehen würde, aber das war ein Irrtum. Sie war zwar nicht mehr ganz so in sich gekehrt, lächelte sogar gelegentlich in meine Richtung, doch das war alles. So nahm ich mir schließlich das Buch und wunderte mich erst einmal darüber, dass Wilhelm Busch nicht nur »Max und Moritz« geschrieben hatte, sondern auch ein Buch mit dem Titel »Jesus, unser Schicksal« . Der Irrtum klärte sich schnell auf; denn dieser Wilhelm Busch war ein ganz anderer Mann, ein Pastor, allerdings ein offenbar sehr humorvoller Pastor, der so unterhaltend und mitreißend schrieb, dass ich gar nicht merkte, wie schnell beim Lesen die Zeit verflog. Nicht einmal beim Abendessen legte ich das Buch aus der Hand, und ich las auch noch, als meine Nachbarin längst schlief. Ich las die halbe Nacht, und je weiter ich kam, desto mehr staunte ich. Eigenartig, so etwas hatte ich niemals vorher erlebt, schon gar nicht im Konfirmationsunterricht, den ich so voller Neugier angefangen, aber mit umso größerer Enttäuschung beendet hatte. Jetzt war mir, als wäre mir plötzlich ein großes Licht aufgegangen, sozusagen eine Tausend-Watt-Birne, die sowohl meinen Verstand wie auch mein Herz erhellte.

Was ich mir bisher so unter der Bezeichnung »Gott« vorgestellt hatte, war nichts als ein reines Fantasieprodukt. Wahrscheinlich zimmerte sich jeder sein eigenes Bild von ihm zurecht, und das war zu nichts nütze. Wenn es ihn wirklich gab – und das hatte ich eigentlich nie bezweifelt –, dann konnte doch nur er selbst sich mitteilen. Jetzt verstand ich, warum Pamela und die anderen so hartnäckig in der Bibel lasen. Die Bibel war das Ei des Kolumbus, oder genauer gesagt, das Fundament, auf dem alles aufgebaut war. Alle Auskünfte über Gott, über sein Wesen und sein Handeln mit uns Menschen mussten in ihr, und nirgendwo sonst, enthalten sein. An ihr selbst musste gemessen werden, was menschliches Denken und was göttliche Offenbarung war. Wie folgerichtig, wie einleuchtend das alles war! Ich hatte die Bibel immer für ein verstaubtes langweiliges Buch gehalten! Wenn ich doch nur schon früher mal darin gelesen hätte!

Und dann die Sache mit Jesus! Ich hatte nichts davon begriffen, dabei war es so wunderbar logisch. Er, Jesus, war das, was Gott von sich selbst enthüllte. Er schien überhaupt das Kernstück des ganzen Christentums zu sein. Ohne ihn ging es nicht, ohne ihn konnte kein Mensch zu Gott finden, ohne ihn gab es keine Vergebung von Sünden, ohne ihn kein ewiges Leben bei Gott, keinen Zugang zum Himmel. Er war Mensch gewesen und trotz allem zur selben Zeit Gott. Wie konnte man das bloß verstehen? Es ging über meinen Verstand, und doch musste es die Wahrheit sein. Jesus war das Licht der Welt, das Salz der Erde, das Brot des Lebens – an diese Aussagen erinnerte ich mich sogar noch aus meiner Jugendzeit.

Dinge, die ich irgendwann irgendwo einmal gehört hatte, kamen mir in den Sinn. Sätze, die ich als Kind ganz stumpfsinnig auswendig lernen musste, füllten sich jetzt mit Bedeutung. Wie bei einem Mosaik begann sich ein Steinchen zum anderen zu fügen und zu einem wunderbaren Bild zu formen. Es war, als schließe sich eine Tür auf, die mir einen Blick in eine andere Welt öffnete. Jesus, ja er war es, der den Schlüssel zu allem in der Hand hielt. Er war Mensch gewesen wie wir, er hatte gegessen, geschlafen, gesprochen, er war müde gewesen und manchmal traurig, ja sogar Angst hatte er gehabt. Was ihn unterschied waren nicht nur die Wunder, die er vollbrachte, sondern dass er so ganz anders handelte. Er nahm sich der Ausgestoßenen und Unberührbaren an, ohne je einen Ekel dabei zu empfinden, er war mit Leuten zusammen, die von allen anderen gemieden wurden, er ließ sich schlagen und verspotten, ohne sich dafür zu rächen, ja, er bat noch seinen Vater für diese Menschen um Vergebung. Aber Heuchelei und Falschheit durchblickte er und stellte sie bloß. Er war durch den größten Dreck der Erde gegangen, auf ihm hatte sich aller Hass, alle Bösartigkeit der Menschheit entladen und doch war er nicht mit Bitterkeit und Anklagen gestorben. Bis zu seinem letzten Atemzug musste er durch alle hässlichen Schichten des menschlichen Charakters auf irgendeinen verborgenen Kern geblickt haben, den er für rettenswert hielt. Wie unfassbar stark seine Liebe war!

Sein Tod war schrecklich, und doch nahm er ihn auf sich, um uns mit Gott zu versöhnen. Jesus tilgte damit alle Schuld, er bezahlte für jede böse Tat, jeden bösen Gedanken – ja, auch für meine. Ich musste gar nicht tief in mich hineinblicken, um all meine hässlichen, kleinlichen, geizigen, egoistischen Gedanken und Taten zu erkennen. Wie oft schon hatte ich Menschen verletzt, mich über andere erhoben! Und dann noch die Sache mit der Abtreibung! Auch wenn sie letzten Endes nicht durchgeführt wurde, so war ich doch schuldig geworden, weil ich sie gewollt hatte. Sie lastete auf meinem Gewissen. Der gerechte Gott müsste Bestrafung und Sühne von mir fordern. Würde ich deshalb »Karlchen« verlieren?

Mir war auf einmal, als wollte eine kalte Hand nach mir greifen. »O lieber Gott, hilf mir … Vergib mir im Namen Jesu!«, flüsterte ich. Die Angst verschwand so plötzlich wie sie gekommen war. Dann durfte ich wohl wirklich mit dem gnä-

digen Gott rechnen, der seinen Sohn auf die Erde geschickt hatte!

Ich werde niemals ganz verstehen, warum Gott keine andere »Bezahlung« annahm, als Jesu Tod am Kreuz. Aber vielleicht liegt das Geheimnis darin, dass nur ein Sündloser für andere bezahlen kann. Und wer sonst war jemals über diese Erde gegangen, der keine Schuld auf sich geladen hätte?

Aber das wirklich Aufregende war, dass er lebte! Nicht etwa nur dreißig Jahre lang vor zwei Jahrtausenden, nein, jetzt, heute, morgen, ewig.

Läge ich jetzt nicht im Bett, wäre mir bei dem Gedanken schwindlig geworden. Dieser Jesus war nicht eine Idee oder eine Legende, wie ich früher geglaubt hatte. Er hatte wirklich gelebt und war nach seiner Kreuzigung wirklich auferstanden. Sein Körper hatte eine andere Materie angenommen, er konnte sichtbar und unsichtbar werden, sogar Wände durchdringen. Nico hatte mir mal erzählt, dass so etwas physikalisch wie philosophisch heutzutage nicht mehr abstreitbar war. Es hatte mir damals überhaupt nichts bedeutet, aber jetzt erschien es mir umso wichtiger. Auch dass es so viele Berichte darüber gab, dass Jesus Hunderten von Menschen nach seiner Auferstehung erschienen war. Seine Jünger hatten ihn angefasst, mit ihm gegessen, mit ihm geredet. Solch einen Körper würden später alle bekommen, die an ihn glaubten. Was für eine spannende Aussicht das war!

Jesus wollte in den Herzen der Menschen leben und ihnen seinen Geist geben, aber das geschah nur, wenn sie ihn dazu einluden, niemals gegen ihren eigenen Willen. Ja, so hatte ich es gelesen. Ich versuchte zu beten, doch ich brachte nichts weiter als ein lautloses Stammeln zustande. Gott, der mich aus Liebe zu sich zog, er würde mich verstehen, das wusste ich. Mir war, als fielen Lasten von meiner Seele, alle Angst und Unsi-

cherheit verschwand. Ich fühlte mich geborgen und wie in einen wärmenden Mantel gehüllt. Was immer auch geschehen würde in den nächsten Tagen – und in all den kommenden Jahren –, ich musste es nicht mehr allein tragen.

Die Nachtschwester kam schon zum dritten Mal herein und flüsterte: »Frau Koch, nun ist es aber wirklich Zeit! So lange sollten Sie kein Licht brennen lassen, das könnte Ihre Nachbarin stören!«

»Die schläft ganz tief und fest«, sagte ich. »Tut mir Leid, aber mein Buch war so spannend! Ich musste einfach weiter lesen.«

Sie schüttelte den Kopf, dann drückte sie auf den Lichtschalter und ging leise aus dem Zimmer. »Schlafen Sie endlich Frau Koch! Gute Nacht!«

Durch das Fenster sah ich, dass es mondhell war draußen. Die nackten Äste der Buche hoben sich scharf gegen den Nachthimmel ab. Wenn ich früher an Gott dachte, stellte ich mir immer vor, dass er irgendwo weit entfernt im unendlichen Weltall existierte. Aber jetzt wusste ich, dass er ganz nah war. Ja, er war ganz nah – in meinem Herzen.

* * *

Am nächsten Morgen gelang es mir kaum wach zu werden. Immer wieder schlief ich ein und immer wieder riss mich jemand aus dem Schlaf – die Schwester mit dem Fieberthermometer, die Putzfrauen mit Eimer und Besen, das Frühstück, die Hilfsschwestern zum Bettenmachen. Die Arztvisite nahm ich nur durch einen dicken Transchleier wahr. Sie bescherte ohnehin nichts Neues. Ich war so müde! Als ich glaubte, mich endlich fallen lassen zu können, stand plötzlich die nette Ärztin aus dem Osten vor mir, die mich am ersten Tag untersucht hatte.

»Frau Koch! Wie geht es Ihnen heute?

»Ich bin müde.«

»Wir haben beschlossen, mit allen Untersuchungen bis morgen zu warten. Dann prüfen wir noch mal alles nach und werden sehen, ob sich etwas verändert hat. Ihre Blutungen haben noch nicht aufgehört?«

Ich schüttelte den Kopf und bekam sofort einen Kloß im Hals.

»Haben Sie noch andere Kinder?«

»Ja, drei. Sie sind schon erwachsen – 18, 20 und 22 Jahre alt.«

»Oh, wie schön für Sie. Meine Kinder sind auch schon fast in diesem Alter. Meine Familie und ich, wir sind vor ein paar Jahren aus Polen hierher gekommen.«

Ich entspannte mich und dachte, was für eine freundliche Ärztin, die sich sogar Zeit für ein persönliches Gespräch nimmt! Sie setzte sich sogar zu mir aufs Bett und sagte: »Hier in Deutschland wurde ich übrigens auch noch einmal schwanger.«

»Ein Nachkömmling also – wie bei mir. Ist es ein Mädchen oder ein Junge geworden?«

Die Ärztin zögerte, ehe sie antwortete. »Leider verlor ich das Kind.«

»Ach! Wieso denn?«

Sie zuckte mit den Achseln. »Den Grund findet man nicht immer heraus. Ich war natürlich sehr traurig. Aber als ich darüber weg war, kam doch etwas Gutes dabei heraus – meine anderen Kinder! Ich war so froh und dankbar, dass ich sie hatte. Sie waren mir kostbarer als jemals zuvor.«

»Ja, das verstehe ich.« Mehr brachte ich nicht heraus.

Die Ärztin sah mich an, als warte sie noch auf etwas. Als ich nichts weiter sagte, stand sie auf und ging mit einem freundlichen »Bis morgen, Frau Koch« aus dem Zimmer.

Sie wollen mich auf den Eingriff vorbereiten, ich soll mich an den Gedanken gewöhnen, schoss es mir durch den Kopf. Das große Heulen wollte mich überfallen – aber da dachte ich an die vergangene Nacht und schluckte die aufsteigenden Tränen runter. Irgendwann nach dem Mittagessen schlief ich dann doch tief und fest ein. Wahrscheinlich hätte ich durchgeschlafen bis zum Abend, wenn mich nicht jemand am Arm geschüttelt hätte. Es war Moni! Sie stand ganz ruhig vor meinem Bett und lächelte mich ein wenig unsicher an.

»Moni! Du bist es!«

»Mama!«

Sie beugte sich herab, und dann lagen wir uns in den Armen. Mir war, als wäre ich aus dem Schlaf direkt in einen Traum hineingeraten, einen wunderschönen Traum! Ich spürte Monis Gesicht an meinem, atmete den vertrauten Duft ihrer Haut ein, hörte, wie sie aufgeregt atmete. Wie sehr hatte ich mich nach dieser Umarmung gesehnt! Da war kein Widerstand mehr, keine Abwehr, keine Mauer mehr zwischen uns. Mir klopfte das Herz vor Aufregung und Freude. Wir konnten beide nicht sprechen, das Wiedersehen wühlte alle Gefühle auf.

Als wir uns beruhigt hatten und die Augen trocken wischten, stieg uns das Lachen in die Kehle – mir vor lauter Glück und Moni, weil es ihr wohl peinlich war, ihren Gefühlen freien Lauf gelassen zu haben. Schon früher hatte sie das immer mit einem Lachen überspielt.

»Endlich!«, stammelte ich. »Endlich habe ich dich wieder.«

»Nico und Dirk haben mir erzählt, was geschehen ist. Gestern Abend habe ich es erst erfahren.«

»Und dann bist du gleich gekommen!«

»Ja, Mama. Ich musste einfach kommen!«

»Du hättest mir keine größere Freude machen können, mein Liebling.«

»Wie geht es dir überhaupt, Mama?«

»Jetzt so gut wie schon lange nicht mehr.« Ich konnte meine Augen nicht von ihr abwenden. Welch ein Geschenk, meine Tochter wiederzuhaben!

»Und was ist mit dem Baby?«

»Ich weiß es nicht, es macht mich so traurig. Niemand weiß es, nicht einmal die Ärzte. Sie warten ab. Aber morgen Vormittag wollen sie mich wieder gründlich untersuchen. Mal sehen, was dabei rauskommt.«

»Hattest du auch solche Probleme, als wir geboren wurden?«

»Nein, Moni, da lief alles ganz glatt, aber da war ich auch noch jung. In meinem Alter ist es wohl doch nicht so einfach, ein Kind zur Welt zu bringen.«

»Mama, es tut mir so Leid.«

Ich versuchte, in ihrem Gesicht zu erkennen, was sie meinte. Sie sah sehr bekümmert aus. Hatte sie nur Mitleid mit mir oder steckte mehr hinter diesen Worten? Ich wagte nicht zu fragen, der Moment war zu kostbar.

»Es tut mir Leid, Mama … alles. Ich weiß selbst nicht, warum ich so eklig war.«

Es musste sie viel Überwindung gekostet haben, das auszusprechen; denn sie atmete nach diesem Satz auf wie nach einer schweren Arbeit. Ich legte meine Arme um sie und drückte sie an mich. »Jetzt ist alles wieder gut, mein Liebling.« Wie leicht war es zu vergeben, wenn man jemanden liebte!

»Mama, ich würde gern wieder zu Hause wohnen. Wäre dir das recht?«

»Ob mir das recht wäre? Natürlich wäre mir das recht!«, ju-

belte ich und konnte es kaum erwarten, Christoph nachher diese wunderbare Nachricht mitzuteilen.

»Aber ein- oder zweimal in der Woche will ich weiter bei Annette übernachten.«

Mir war, als fiele ich hart auf den Boden zurück. Ich konnte gerade noch ein enttäuschtes »Warum?« zurückhalten. Annette – es war immer wieder Annette, die unseren Familienfrieden durchkreuzte.

»Manche Vorlesungen liegen nämlich so blöd, dass ich kaum rechtzeitig zur Uni komme«, erklärte Moni. Ihre Stimme klang sehr entschlossen, sie schien sich alles genau überlegt zu haben.

Vielleicht bin ich es, die umdenken muss, schoss es mir durch den Kopf. Meine Tochter war irgendwie erwachsener geworden, innerlich wie äußerlich, seitdem sie aus dem Haus gegangen war. Ein bisschen blass sah sie aus und auch schmaler im Gesicht, aber der Ausdruck in ihren Augen gefiel mir. Ihr Haar hatte beinahe die alte Farbe wieder, nur ein schwacher rötlicher Schimmer war geblieben. Die Trennung hatte ihr nicht geschadet, ganz im Gegenteil. Sie war selbständiger geworden – und keine Spur mehr von dieser abweisenden, vorwurfsvollen Haltung. Sie war wieder Moni, unsere liebevolle wunderbare Moni. Sollte ich da nicht lieber meinen Groll auf Annette begraben? Sie schien Moni nicht negativ beeinflusst zu haben.

»Ich würde mich freuen, deine Freundin endlich mal kennen zu lernen«, sagte ich.

»O ja, ich glaube, sie wird gerne kommen.« Moni schaute auf ihre Uhr. »Mama, ich muss gehen, sonst krieg ich den Bus nicht mehr.«

»Ach, wie schade. Papa müsste jeden Augenblick hier sein. Er wäre bestimmt glücklich, dich wiederzusehen.«

»Ich weiß, Mama, aber ich sitze gerade an einem Referat und

bin ziemlich in Eile. Sag Papa, dass ich mich schon aufs Samstagmorgenfrühstück freue. In einer Woche bin ich wieder bei euch zu Haus. Und grüßt Oma und Flipper.«

»Ja, mein Liebling.«

Ein Kuss auf meine Wange, ein kurzer Gruß an meine stille Nachbarin und schon war Moni aus dem Zimmer. Ich schloss die Augen und freute mich.

25.

Ich merkte schon, dass meine Mutter immer ungeduldiger wurde. Seit zwanzig Minuten musste sie ruhig dasitzen, weil ich über meine Sprechanlage ein Telefonat nach dem anderen führte.

»Nur noch dieses eine Gespräch, Mama, dann bin ich durch, dann können wir reden«, sagte ich und drückte wieder auf die Tasten.

»Tu nur, was du musst, ich beschwere mich doch gar nicht.«

Ich verstand sie ja. Da war sie zum ersten Mal mit im Krankenhaus gewesen, Marga und ich hatten geredet, manchmal auch nur in Andeutungen, und nun sollte ich ihr endlich doch genau erklären, um was es eigentlich gegangen war.

»Hallo, Herr Bohn! Koch hier. Schön, dass Sie noch im Büro sind. Ist die Verbindung gut? Ja? Also, hören Sie zu: Ich werde morgen erst gegen Mittag kommen, vielleicht auch überhaupt nicht. Meine Frau hat morgen Vormittag die nächste Untersuchung, Sie wissen ja, wahrscheinlich die entscheidende. Ich will auf jeden Fall bei ihr sein, egal was im Büro los ist. Okay, Sie halten die Stellung. Ja, ich weiß ... Herzlichen Dank!«

»Wenn Papa das noch erlebt hätte, dass du einfach so absagen kannst!«, staunte Mama.

»Ja, der Bohn ist ein fixer Junge. Wenn der so weitermacht, kann ich auch mal wieder pünktlich Feierabend machen. Jetzt mit Moni sind wir doch alle wieder zusammen.«

»Ja, zieht sie denn wirklich wieder ein?«

»Na ja, mehr oder weniger. Weißt du was, Mama, dahinten rechts liegt ein Ausflugslokal, da halten wir, und ich spendiere uns einen kastrierten Kaffee, den haben wir uns verdient. Einverstanden?«

»Aber die Jungs brauchen doch ihr Abendbrot.«

»Ach was! Die Viertelstunde können sie schon noch warten.«

Mama schüttelte zwar den Kopf, aber ich wusste, dass sie sich freute. Ich war, wie man so sagt, ihr ganzer Stolz, ordentlich, fleißig und bei einer ganz großen Firma. Mein jüngerer Bruder Hans hatte meinen Eltern mit seinen zwei Scheidungen viel Kummer gemacht. Inzwischen ließ er sich von seiner dritten Frau in Holland aushalten. Wir hatten schon jahrelang kaum noch Kontakt miteinander.

Das Lokal war leer und auch nicht unbedingt gemütlich. Es roch ein bisschen nach Kneipe und der Kaffee sah dünn aus, aber Mama schien das gar nicht zu bemerken. Sie genoss es sichtlich, von ihrem Großen ausgeführt zu werden.

»Was ist denn nun mit Marga?«, fragte sie nach dem ersten Schluck.

Ja, was sollte ich darauf antworten? Als ich vorhin vor der Tür stand, hatte ich erst noch tief Luft holen müssen, um einigermaßen zuversichtlich ein- und auftreten zu können. Zwischen Dienstagabend und heute Nachmittag war schließlich nichts passiert, das Anlass zu Hoffnung gegeben hätte – und sie saß im Bett und sah so fröhlich aus, wie an einem Samstagmorgen zu Hause.

»Du hast doch gesehen, es ging ihr prima.«

»Ja, ich weiß noch, wie wir uns freuten damals. Papa hatte sich doch immer eine Tochter gewünscht, und als Moni geboren wurde, das werde ich nie vergessen. Schön, dass sie zurückkommt.«

»Ja, das finde ich auch, gerade jetzt.«

Mama nickte. »Marga hat schon ganz Recht, wenn sie sagt, dass Gott am nächsten ist, wenn die Not am größten ist. Damals im Krieg, als wir aus dem Bunker kamen und unser Haus brannte, da hatte Tante Else schon davon gehört und uns gleich ...«

Ich kannte die Geschichte, die jetzt kommen würde, schon in allen Varianten und hörte gar nicht mehr zu. Omas erster Satz machte mir zu schaffen. Vielleicht war es tatsächlich ein Wink des Schicksals mit Moni – Gott hat's gegeben, Gott hat's genommen, oder so ähnlich. Das ging mir gleich im Kopf herum, als Marga uns von Moni erzählte, das ist wie ein Ausgleich. Marga selbst waren solche Gedanken wohl nicht gekommen. Sie wirkte aber auch nicht wie jemand, der sich an irgendeinen Strohhalm klammerte. Heute Morgen hatte sie mir ja am Telefon schon von Pamelas Besuch erzählt, und dass sie mir unbedingt mehr dazu sagen müsse. Aber als ich dann Oma mitbrachte, hatten wir so viel von Moni geredet, dass Marga uns zum Schluss nur noch das Buch von Pamela zeigte und sagte: »Ist die Not am größten, ist Gott am nächsten.« Danach waren wir gegangen, ich zum ersten Mal mit dem tröstenden Gefühl, dass Marga ruhig und gefasst dem nächsten Tag entgegensah.

»Hörst du mir überhaupt zu?«

»Ja sicher, Mama.«

»Was hab ich denn gesagt?«, bohrte sie nach.

»Mama, wenn du willst, wiederhole ich dir die ganze Geschichte noch mal im Auto, aber jetzt müssen wir weg. Herr Ober, zahlen bitte!«

26.

Schon vor Morgengrauen wurde ich wach. Es war noch ganz ruhig auf den Gängen, keine Schritte, kein Babygeschrei. Auch meine Nachbarin schlief noch ganz fest. Ich genoss die Stille, während ganz allmählich ein fahler Lichtstrahl über die weißen Wände kroch. Heute war der entscheidende Tag! In wenigen Stunden würde ich wissen, ob Karlchen noch am Leben war und eines Tages das Licht dieser Welt erblicken würde. In meiner Fantasie existierte er schon lange, es schien mir einfach unmöglich zu sein, dass es ihn vielleicht niemals geben könnte. Seltsamerweise spürte ich aber weder Angst noch Nervosität – ja, ganz im Gegenteil, ich fühlte mich behütet und geborgen.

Monis Besuch hatte mich gestern lange nicht einschlafen lassen. Welch eine Freude, dass wir unsere Tochter wiederhatten! Wir konnten wieder miteinander reden und lachen, alle Schatten der Vergangenheit waren verschwunden. Unfassbar! Moni war wieder ganz und gar Moni, ohne jede Spur von Rebellion und Abneigung! Ich hatte nie verstanden, warum sie uns plötzlich so vollkommen abgelehnt hatte, und jetzt verstand ich eigentlich ebenso wenig, wer oder was diese wunderbare Veränderung bewirkt hatte. Vielleicht würde ich das niemals erfahren. Aber das war ja auch gar nicht wichtig. Was wirklich zählte, war die Tatsache, dass Christoph und ich reich beschenkt waren, mit Moni, mit Dirk, mit Nico. Wir wussten beide nur zu gut, dass so etwas ganz und gar nicht selbstverständlich war – kaputte Ehen, zerstrittene Familien, wie viel Unglück es doch gab!

Seit zwei Tagen war mir bewusst, woher all das Gute in unserem Leben kam. Segen nannte man so etwas, Gottes Segen. Der hatte schon angefangen lange bevor ich etwas von all dem wusste. Meiner Familie musste ich unbedingt erzählen, was mir vor zwei Nächten wie Schuppen von den Augen gefallen war. Und mit Pamela wollte ich sprechen, die ahnte ja gar nicht, was ihr mitgebrachtes Buch ausgelöst hatte!

Früher als erwartet kamen zwei Schwestern und holten mich ab. Sie rollten mich durch lange Gänge und schoben mich in das große Behandlungszimmer, das ich schon kannte. Die nette Ärztin aus dem Osten wartete bereits. Ich wusste ja, dass man mir heute den vollständigen Service bieten würde und zuckte nur leicht zusammen, als sie gleich mit der Blutabnahme begann.

»Wie geht es Ihnen heute, Frau Koch?«, fragte sie, wohl um mich abzulenken.

»Gut, gut«, sagte ich und wandte meinen Kopf zur Seite. Den Anblick des ausfließenden Blutes und der Nadel in meinem Arm konnte ich noch immer nicht ertragen.

»Mal sehen, wie es jetzt mit Ihren Schwangerschaftshormonen aussieht. Sie waren bisher unverändert niedrig … zu niedrig. Das weist auf eine …«

Ich spürte, wie sie die Nadel wieder rauszog und Watte auf die Stelle presste. »Ulrike, komm nimm das mal und prüf es gleich!«

Schwester Ulrike kam und räumte alle Utensilien weg. Sie verschwand mit meinem Blut in einem Nebenraum. Die zweite Schwester dirigierte mich zu der Liege, die neben dem Ultraschallgerät stand. Ich legte mich hin und wartete. Irgendeine weißbekittelte Frau betrat das Behandlungszimmer und fing ein Gespräch mit der Ärztin an. Sie unterhielten sich über das Mittagessen, was auf dem Speiseplan stand und um welche Zeit sie sich in der Kantine treffen wollten. Im Nebenraum hörte ich

Schwester Ulrike erzählen, dass sie sich einen sehr schicken neuen Pullover gekauft hätte. Gar nicht mal so teuer sei er gewesen. Ihre Kollegin stand im Türrahmen, klagte über Kopfschmerzen und die schlechte Laune ihres Mannes.

Ich fragte mich, ob sie wohl ahnten, wie wichtig diese Untersuchung für mich war und dass meine Familie voller Sorge auf das Resultat wartete. Wie gut, dass Christoph noch nicht gekommen war, er würde es vor lauter Nervosität nicht aushalten. Er wollte unbedingt dabei sein, wenn ich untersucht wurde. Ich wusste, dass Krankenhäuser für ihn ein Horror waren und jeder Besuch ihn viel Überwindung kostete. Je später er eintraf, umso besser – obwohl ich mich sehr nach ihm sehnte. Jede Trennung tat uns beiden weh. Als wir jung waren – sehr jung –, waren wir einmal für längere Zeit getrennt. Ich glaube, das saß uns beiden noch in den Knochen.

Endlich verschwand die Besucherin und die Ärztin kam und schaltete das Gerät ein.

»Sie wissen ja, Frau Koch, dass wir ganz sicher sein wollen, bevor wir den Eingriff bei Ihnen vornehmen. Deshalb machen wir jetzt den Ultraschall.«

Ich wusste es und starrte auf den Monitor, während die Ärztin langsam mit dem fahrbaren Apparat, der mit dem Monitor verbunden war, über meinen Bauch fuhr. Ich sah nichts als undeutliche Schatten, helle und dunkle, manche bewegten sich. Die Ärztin schien sich nicht so leicht zufrieden zu geben. Immer und immer wieder fuhr sie über meinen Bauch. An einer bestimmten Stelle stutzte sie und machte »Hmmm«. Es hörte sich nicht sehr ermutigend an und allmählich wurde ich traurig. Wer weiß, was dieses »Hmmm« zu bedeuten hatte, vielleicht entdeckte sie jetzt sogar noch irgendeine Geschwulst in meinem

Inneren. Karlchen war wohl doch nichts weiter als ein Traum, ein Wunschtraum, von dem ich mich jetzt endgültig trennen musste.

»Wir machen sofort ein CTG!«, ordnete die Ärztin an.

Die Schwester schnallte mir ein breites Band um den ganzen Bauch. Es war mit einem kleinen Kästchen verbunden. Keiner sprach, irgendeine Spannung lag in der Luft. Wieder fuhr etwas über meinen Bauch, kreiste sanft an einer Stelle und blieb dann stehen. Das Gesicht der Ärztin war angespannt. Sie sah mich nicht an, wechselte aber einen bedeutungsvollen Blick mit der Schwester.

»Ulrike, hast du das Resultat?«, rief sie nach nebenan.

»Moment noch.«

Wir warteten, schweigend. Die Ärztin schien in Gedanken versunken und schüttelte leicht den Kopf.

Schwester Ulrike kam aus dem angrenzenden Raum und sagte: »Sie sind gestiegen – und zwar deutlich!«

»Wirklich? Hast du dich nicht geirrt?«

»Ich wollte es auch nicht glauben.«

Die Ärztin schüttelte wieder den Kopf, wandte sich mir zu und lächelte: »Frau Koch, ich denke, wir brauchen doch keinen Eingriff zu machen.«

Mein Herz tat einen Hüpfer, aber noch konnte ich nicht glauben, was sie andeutete.

»Der Ultraschall zeigt jetzt Umrisse und die Bewegung des Herzens«, erklärte sie. »Es ist alles noch nicht gut erkennbar, aber … Das hatte ich nicht erwartet«, wunderte sie sich. »Deshalb habe ich ja das CTG gemacht. Damit sind die Herztöne verstärkt hörbar. Sie sind zwar noch schwach und nicht sehr rhythmisch, aber das wird sich alles ändern. Es sieht ganz so aus, dass die Datierung nicht gestimmt hat.«

Ich wagte nicht zu atmen, konnte noch nicht glauben, was meine Ohren hörten. Alle alten Ängste, Zweifel und Sorgen erhoben sich wie zu einem letzten Wirbelsturm in meinem Innern – doch dann begann die Freude allmählich alles rauszujagen! Karlchen lebte!

Ich sagte etwas, es musste wohl etwas Unsinniges sein, denn Ärztin und Schwestern sahen mich verwundert an und fingen dann an zu lachen. Sie freuten sich mit mir, ja sie freuten sich wirklich.

Irgendwie kam mir alles wie ein Traum vor. Die Ärztin gab mir Verhaltensregeln, erklärte, worauf ich achten sollte. Ich musste mich sehr zusammenreißen, um wirklich zuzuhören, denn meine Gedanken wanderten ganz woanders hin. Noch vier, fünf Tage wollten sie mich im Krankenhaus zur Beobachtung behalten. Zu Hause sollte ich möglichst viel liegen, auf keinen Fall arbeiten oder gar schwer heben. Sollten Blutungen auftreten, sofort den Arzt benachrichtigen. Ob gewährleistet sei, dass ich zu Hause Ruhe hätte? Ja, ja, ich denke schon …

Die beiden Schwestern rollten mich zurück. Die langen nüchternen Gänge kamen mir jetzt wie Triumphstraßen vor. Hier war ich, Marga Koch, 46 Jahre alt und wirklich und wahrhaftig in bester Hoffnung! Wer hätte das gedacht?

Als die Schwestern mich in mein Bett packten, sah mich meine Nachbarin fragend an. »Na, wie?«

»Wie es jungen Müttern halt so geht«, meinte Schwester Ulrike und zwinkerte mir beim Hinausgehen zu. Sie hatte ein sonniges Wesen und trotz der vielen Arbeit Verständnis für Freud und Leid ihrer Patienten.

»Er lebt«, sagte ich und kuschelte mich unter meine Bettdecke.

»Wissen Sie denn schon, dass es ein Er ist?«

»Nein, ich will es auch gar nicht wissen. Das soll eine Überraschung bleiben. Ein blaues Strampelhöschen habe ich aber schon gekauft. Den Rest bestelle ich per E-mail, dabei kann ich mich prima schonen.«

Es klopfte leise, dann öffnete sich langsam die Tür. Christoph steckte den Kopf herein, ganz zaghaft, als fürchte er sich. Er hatte schon wieder einen dicken Blumenstrauß in der Hand und sah sehr besorgt aus.

Ich setzte mich aufrecht hin und fing an zu lachen.

27.

Eine Woche nach Karlchens ersten Herztönen waren wir alle wieder zusammen. Moni kam Mittwoch, Marga hatte ich am Donnerstag zurückgeholt und gestern Nachmittag setzte ein Taxi auch noch Kusine Erika vor unserer Haustür ab. Eigentlich wollte sie schon heute Mittag nach Griechenland zu ihrer Ausgrabung weiterfliegen, doch da hatte ich gestreikt: nicht an diesem Samstagmorgen, nicht an unserem ersten Familienfrühstück seit mehr als zwei Monaten! Aber ich hätte mich gar nicht so ins Zeug zu legen brauchen. Wir waren seit ihrem Besuch ihre bevorzugte Verwandtschaft, deshalb hatte sie gern auf Sonntag umgebucht.

Kurz nach acht war ich schon – leise, ganz leise – in der Küche, holte Tassen, Teller und Bestecke aus dem Schrank und legte mir Eier, Schinken, Speck, Oregano, Käse, Honig – na, eben alles das zurecht, was ein Samstagfrühstück im Hause Koch zum Höhepunkt der Woche macht.

Die Sonne beschien Margas Blumen im Garten, die Vögel zwitscherten und im HR3 kündigte eine heitere Stimme für heute vorsommerliche Temperaturen an. Als anschließend noch Louis Armstrong »What a wonderful world« sang, wäre ich am liebsten ins Schlafzimmer gerannt, um Marga wachzuküssen, begnügte mich aber doch damit, meine Glücksgefühle auf der Terrasse auszuleben.

»Good morning, Christoph!«, grüßte Bob.

»Good morning. Wie geht es Marga?«, grüßte Pamela.

Sie standen in Jogginganzügen schon an ihrer hinteren Gartenpforte – also etwa zehn Schritte entfernt.

»Es geht ihr ausgezeichnet! Sie schläft noch.«

Pamela legte entschuldigend ihre Hand auf die Lippen.

»O, das macht nichts«, raunte ich ihnen so laut ich konnte zu. »Sie hat einen guten Schlaf.«

Sie winkten mir zu und liefen los. Von der Straße her bimmelte die Glocke unseres Bäckerwagens, irgendwo summte ein früher Rasenmäher, weiter weg hämmerte und sägte es in einem der noch nicht fertig gestellten Neubauten, hoch über mir düste ein Flugzeug im Anflug auf Rhein/Main – nein, es waren ja gleich drei! Ach, ihr wunderschönen Flugzeuge, wie elegant ihr ausseht dort oben am blauen Firmament! Es gibt doch nichts Schöneres als meine kleine heile Welt, dachte ich und hätte vor Rührung beinahe Rotz und Wasser geheult.

Es war Zeit, Wolfgang Märtens wegen unseres Trimm-Treffs anzurufen. Vorsichtig schlich ich im Flur an dem Körbchen vorbei, in dem Flipper immer noch vor sich hindöste, sah aber, dass er mich mit einem Auge interessiert verfolgte. Wenn ich jetzt eine zu hastige Bewegung machte, würde er mit Sicherheit aufspringen und freudig das ganze Haus mit seinem Gekläffe aufschrecken.

»Braver Hund«, murmelte ich. »Bleib schön liegen, Herrchen holt nur sein Handy.« Ausnahmsweise tat er mir den Gefallen.

Wieder im Garten bat ich Wolfgang, allen unseren herzlichen Dank für die Blumen und die große Pralinenpackung zu übermitteln, die sie Marga Mittwoch noch ins Krankenhaus geschickt hatten. Am nächsten Samstag sei ich bestimmt wieder mit von der Partie.

»Ja, und noch etwas, Wolfgang. War das damals ernst von dir gemeint? Ich meine, das mit dem männlichen Tagebuch?«

»Unbedingt! Vielleicht machen wir sogar noch ein Doppel-Feature mit mir, wenn das so weitergeht. Gisela ist kaum zu bremsen.«

Ich wünschte ihm lachend viel Erfolg. Als ich mich umwandte, kam Marga mir auf dem Rasen entgegen. Sie sah bezaubernd aus mit ihren noch vom Schlaf zerzausten Haaren und in dem schmalen dunkelblauen Morgenmantel, der ihre Figur so vorteilhaft zur Geltung brachte – jedenfalls jetzt noch.

»Christoph, hast du an das Bäckerauto gedacht?«

Die Brötchen! Ich sauste außen ums Haus herum auf die Straße und dann noch mal zweihundert Meter weiter, wo der Wagen inzwischen stand. Natürlich hatte ich mein Geld nicht dabei, aber das war kein Beinbruch, ich bekam bis zum nächsten Samstag Kredit. Schwer atmend wankte ich zehn Minuten später – diesmal durch die Vordertür – wieder ins Haus und stolperte prompt über Flipper, der daraufhin fürchterlich loskläffte.

»Flipper! Halt die Schnauze!«, zischte ich, doch das nützte nichts, er hatte schon alle aus den Betten geholt.

»Sind die Rühreier fertig?«, rief Dirk von oben.

»Der Hund macht mich noch ganz meschugge!«, schimpfte Oma unten.

»Wehe, du hast kein Müsli!«, warnte Moni, die verschlafen über das Treppengeländer lugte.

Was für ein wunderschöner Morgen!

Eine Stunde später genossen wir nach einem abermals unvergleichlichen Frühstück à la Christoph satt und zufrieden die Wonnen eines sonnigen Samstagmorgens im Freien. Oma hatte sich ihr Strickzeug geholt, Marga zupfte neben der Terrasse in ihrem Blumenbeet herum, und wir anderen hatten die dicke Wochenendausgabe unserer Zeitung unter uns aufgeteilt und lasen, wobei Erika kleine blaue Rauchkringel ihrer griechischen Zigarette in die Luft blies.

»Au wei!«, entfuhr es mir, als ich in den vielen klein gedruckten Spalten der Finanzseiten meinen Aktienfonds gefunden hatte.

»Was ist denn?«, fragte Marga.

»Der Kurs ist schon wieder runter.«

»Viel?«

»Na ja, so drei bis vier Prozent.«

»Das ist doch gar nichts«, stellte Erika fest, ohne von ihrer Seite aufzublicken. »Wenn ich was kaufe, gehen die Kurse gleich am nächsten Tag in den Keller. Ich wäre das beste Konjunkturbarometer der Welt.«

Das war wirklich ein großer Trost für mich.

»Hört mal, Leute, das ist ja kaum zu glauben!«, rief Moni aus.

»Na, nun sag schon«, drängte Dirk.

»Gestern ist jemand tödlich verunglückt, weil er Löcher im Anzug hatte!«

»Löcher im Anzug?«, fragte Marga vom Beet her.

»Die zieht uns doch auf«, meinte Nico.

»Quatsch! Er war Tiefseetaucher!«

»Ist das wahr?« zweifelte Erika.

»Guter Witz, gell!« Moni konnte sich vor Lachen

kaum halten, woraufhin Nico ihr ein halbes Brötchen an den Kopf warf.

»Nun hört sich aber alles auf«, rügte Oma über ihrem Strickzeug. »Ihr seid doch keine Kinder mehr.«

Doch! Das waren sie eben doch noch! Große Kinder, wunderbare Kinder, unsere Kinder! Ich ging zu Marga, beugte mich zu ihr und flüsterte: »Ich liebe dich.«

Sie schmiegte ihr Gesicht an meine Wange. »Ich dich auch«, sagte sie, ohne mit dem Zupfen aufzuhören. »Aber sieh dir bloß mal das Unkraut hier an. Du wirst das ganze Beet durchhacken müssen.«

Es gibt doch nichts Schöneres als die Liebe im vierundzwanzigsten Frühling!

Letztes Kapitel

Tagebuch, 26. Eintrag, 19. September

Heute Morgen, um 10 Uhr 38, erblickte unser viertes Kind das Licht der Welt. Noch im Dunkeln hatte ich Marga im Taxi ins Krankenhaus gebracht. Als es ernst wurde, war ich fix und fertig, bleich und durchgeschwitzt, sodass der Arzt mich kurzerhand vor die Tür setzte. Eine Stunde später war das Wunder geschehen. Ich stolperte ins Zimmer – und da lagen sie, Marga erschöpft, aber glücklich lächelnd, und auf ihrer Brust schlief das schönste Baby, das ich je gesehen habe.

»Ich weiß auch schon, wie sie heißen soll«, sagte sie.

»Was denn?! Es ist ein Mädchen?«

Ich war wie vom Donner gerührt, denn wir hatten beschlossen, uns von Karlchen lieber überraschen zu lassen.

»Wir nennen sie Lucia Jill Alicia Koch«, lachte Marga.

Was sagt unsere Oma doch immer? So was kommt von so was!

Gott sei Dank!

Hat Ihnen dieses Buch gefallen? – Dann sollten Sie sich I. W. Weibergs verwickelte Geschichte »Verliebt in New York« nicht entgehen lassen. Sie können gleich damit anfangen …

I. W. Weiberg, **Verliebt in New York.**
Eine verwickelte Geschichte.
237 Seiten (Bestell-Nr. 05431)

Die Werbeagentur von J. B. Rufus & Co. lag im vornehmen Frankfurter Westend. Hohe Kastanienbäume schirmten die große Villa zur Straße hin ab, und der breite Kiesweg vom schweren Gittertor zum Portal wurde gerade sorgfältig geharkt. »Ei Gude«, grüßte der Gärtner.

»Hoffentlich!«, bedankte ich mich im Vorbeihasten, denn ich hatte wieder einmal fast verschlafen.

»Guten Morgen«, hauchte die Empfangsdame und sah mich strahlend an. »Haben Sie eine Verabredung für heute?«

»Aber nein!«, scherzte ich gutgelaunt. »Sind Sie vielleicht auch noch frei? Allerdings ginge es bei mir erst nach meinem Termin bei Mr. Rufus, zehn Uhr. Ich bin Anzeigenvertreter.«

»Haha!« Ihr strahlendes Lächeln verlosch, nachdem sich herausgestellt hatte, dass ich kein Kunde war. »Karin, hier ist ein Anzeigenvertreter für Mr. Rufus«, sagte sie ins Telefon. »Herr …?«

»Joachim Kleinmann von FRAU MIT STIL.«

»Kleinmann von FRAU MIT STIL …«

Es quakte in der Leitung, und die Empfangsdame verdrehte ergeben die Augen nach oben, dann hielt sie die rechte Hand auf die Sprechmuschel und erklärte: »Seine Sekretärin sagt, es tut dem Chef entsetzlich leid, aber eine eilige Sache ist dazwischen gekommen, und da muss er selber bei sein, und ob Sie warten wollen – es dauert etwa eine halbe Stunde.«

»Selbstverständlich«, versicherte ich.

Sie sagte es weiter und legte auf. »Ich soll fragen, ob Sie einen Kaffee trinken möchten.«

»Gern«, nickte ich begeistert, woraufhin sie sich, etwas mürrisch, wie es mir schien, von ihrem Stuhl erhob und mit einem chromblitzendcn Kaffeetopf in der Hand verschwand.

Ich setzte mich in einen der herumstehenden schwarzen Ledersessel und war gerade dabei, mir mit den ausgelegten Zeitungen und Illustrierten etwas die Zeit zu vertreiben, als plötzlich eine der dicken Glastüren hinter mir aufflog und ein Mann mit ausgestreckten Händen auf mich zustürzte.

»Mein Name ist Rotmann«, rief er laut. »Warten Sie schon lange?«

»Vielleicht zehn Minuten«, sagte ich. »Aber das ist völlig unwichtig. Ich habe ja Zeit mitgebracht.«

Er sah mich verwundert durch seine Brille an. »Zeit!«, meinte er. »Heute hat niemand Zeit zu verschenken.« Er sah auf seine Uhr. »Mr. Rufus erwartet Sie um zehn. Leider kam mir in letzter Minute ein Anruf dazwischen. Sie wissen, wie das ist. Beeilen wir uns.«

Ich hatte kaum Gelegenheit, meine Tasche und meinen Mantel unter den Arm zu nehmen. Er sprang vor mir in den offensichtlich nachträglich eingebauten Paternoster, der einschließlich Keller genau drei Stockwerke miteinander verband, und ich hüpfte atemlos hinterher.

»Es ist jetzt drei Minuten nach zehn«, sagte er so laut, als stände ich zehn Meter von ihm entfernt. »J. B. hat heute den Morgen voller Meetings. Ich stelle Sie kurz vor und dann geht's los. Eigentlich hätte Sie Dr. Dorfe begrüßt, aber er musste plötzlich zu einer Etatbesprechung nach Bremen.«

Ich gestehe, dass mich dieser Empfang etwas verwirrte; denn normalerweise bin ich es gewohnt, mit Sekretärinnen vorlieb nehmen zu müssen, was eine Taktik erfordert, die man selbstverständlich nicht so ohne weiteres auf männliche Gesprächspartner übertragen kann.

Rotmann lief vor mir her über einen kleinen Gang, öffnete eine Tür und schob mich hindurch, »Ich bin gleich wieder da!«, rief er dröhnend, machte auf dem Absatz kehrt und verschwand.

Ich stand in einem kleinen Zimmer, das außer einem Tisch mit vier harten Stühlen und einer zweiten Tür nichts Erwähnenswertes enthielt, wenn man von einem Stoß weißen Papiers absah. Ich wollte mir gerade eine Zigarette anzünden, als die Tür mit einem lauten Krach wieder aufflog und Rotmann zurückkam. »Mr. Rufus ist in einer Minute da«, sagte er. »Setzen Sie sich doch.«

Ich setzte mich, während er an das Fenster trat und gedankenverloren hinaussah. Dabei steckte er geistesabwesend seine Daumen unter die Hosenträger und ließ sie einige Male gegen seine angefettete Brust klatschen. Es machte einen tiefen Eindruck auf mich.

Es vergingen etwa zwei Minuten. Ich war gerade zum zweiten Mal dabei, eine Zigarette anzuzünden, als sich die Tür wieder öffnete und ein mittelgroßer, untersetzter Mann hereinkam. Sein Haar war dunkel, fast unmerklich gewellt und nur an den Schläfen etwas ergraut. Er trug es kurz, mit einer Andeutung von Scheitel, was seinem Gesicht ein sportlich straffes Aussehen gab. Ich schätzte ihn auf Mitte fünfzig, aber im Gegensatz zu Rotmann sah er aus, als würde er jeden Tag ohne Mühe die Übungen für das Goldene Sportabzeichen in der Mittagspause bewältigen können. Als er auf mich zukam und mit seiner von dunklen Haaren übersäten Linken den feuchten und zerkauten Zigarrenstummel aus den

Zähnen nahm, stand für mich fest, dass es nicht einfach sein würde, ihn von den Vorzügen von FRAU MIT STIL zu überzeugen.

»My name is Rufus. Entschuldigen Sie die Verspätung«, sagte er in fast akzentfreiem Deutsch.

»Aber ich bitte Sie, Mr. Rufus«, antwortete ich höflich. »Im Gegenteil. Ich muss mich dafür bedanken, dass Sie überhaupt Zeit für mich haben.«

»Na schön. Halten wir uns nicht zu lange bei der Vorrede auf. Sie haben sicher genauso wenig Zeit wie ich. Haben wir alles vorbereitet, Hans-Ludwig?«

»Alles klar, J. B.«, versicherte Rotmann von der Tür her. »Fragebogen und Papier liegen hier auf dem Tisch. Mehr haben wir vorerst nicht zu bieten!«

Da ich nicht genau verstand, wovon die beiden redeten, langte ich nach meiner Tasche, um die Initiative des Gesprächs zu übernehmen, wie mir das mein Chef immer wieder gesagt hatte.

»Darf ich Ihnen, um Ihre Zeit nicht übermäßig zu strapazieren, am besten schnell meine Unterlagen vorlegen?«, bemerkte ich in einer gekonnten Kombination aus bescheidener Zurückhaltung und sympathischem Eifer.

»Das hat Zeit bis später«, entschied Rufus mit einer ungeduldigen Handbewegung. »Wir geben Ihnen für die Beantwortung des Fragebogens so viel Zeit, wie Sie brauchen. Ich hoffe, dass wir dann beim Mittagessen die Sache weiter bereden können. Jetzt muss ich Sie bitten, uns zu entschuldigen.« Er ging mit einem freundlichen Kopfnicken zur Tür. »Bis nachher! Kommen Sie, Hans-Ludwig.«

Rotmann folgte seinem Chef auf dem Fuß. Als er schon halb draußen war, steckte er den Kopf noch einmal herein: »Papier haben Sie ja wohl genug. Der Fragebogen liegt darunter.«

Dann war er draußen. Er hatte wieder sehr laut gesprochen, und in der plötzlich folgenden Stille war mir so, als hätte ich den Knall eines zurückklatschenden Hosenträgers gehört.

Ich zog den Papierstapel heran und ließ die Blätter über den Daumen abfächern. Es waren alles unbeschriebene Bogen, bis auf ein einziges bedrucktes Blatt, wobei es sich um den von Rotmann erwähnten Fragebogen handeln musste. Während ich las, wurden meine Augen groß und größer. Ich hatte selbstverständlich vorausgesetzt, dass es sich bei diesem Stück Papier nur um eine reine Formalität handeln würde, die üblichen Angaben für die eigene Firmenkartei. Stattdessen enthielt es eine Menge Fragen, wie sie mir niemals zuvor von einem Geschäftspartner gestellt worden waren. Zum Beispiel erwartete man von mir, dass ich ein angefangenes Gedicht von Novalis (?) zu Ende bringen und eine Kurzerzählung im Stil von Thomas Mann schreiben sollte. Dann erbat man sich höflich eine Bildbeschreibung von Dalis »Zerrinnender Zeit«, mit der nächsten Frage meine Meinung über die Werbung als Marketingmaßnahme und schließlich auch noch einen beliebigen Werbetext.

Ich schob den Fragebogen beiseite und dachte bestürzt an die mir zur Verfügung stehende Allgemeinbildung. Die Situation war zweifellos unerfreulich. Einen Augenblick überlegte ich, das Weite zu suchen. Dann aber tauchte vor meinem geistigen Auge die unheilvolle Gestalt meines Chefs auf, und ich verwarf den Gedanken augenblicklich. Also machte ich mich daran, die verschiedenen Fragen so gut es ging zu beantworten. Während ich das tat, zerplatzten meine Hoffnungen auf diesen Auftrag wie Seifenblasen, und ich bereitete mich innerlich bereits auf das entscheidende Gespräch mit meinem Chef an diesem Nachmittag vor.

Ich wusste nicht, wie viel Zeit vergangen war, bis ich den letzten Bogen beschrieben hatte; denn zu allem Überfluss hatte ich heute auch noch nie eine Uhr im Badezimmer liegen lassen. Aber wie spät es auch sein mochte – die von Rufus angekündigte Fortsetzung der Besprechung um die Mittagszeit würde ohnehin nicht stattfinden, das war mir klar. In aller Ruhe sortierte ich die Blätter und überlegte gerade, wie es nun weitergehen sollte, als sich die zweite Tür des Zimmers öffnete und eine attraktive Blondine den Kopf hereinsteckte.

»Störe ich oder sind Sie schon fertig?«, fragte sie.

»Ich bin fertig. Wie spät ist es denn?«

»Halb eins. Herr Rufus hat eben gerade nach Ihnen gefragt.« Sie lachte. »War's schön?«

»Wunderbar! Was haben Sie gedacht?«

»Na, dann kommen Sie!« Sie verschwand nach nebenan.

Der angrenzende Raum beherbergte offensichtlich das Sekretariat von Rufus, in dem außer der Blondine noch eine zweite, weniger aufregende Dame saß und mich freundlich anlächelte.

Die Blondine drückte auf einen Knopf an ihrer Sprechanlage.